KB081112

오직 아이들만 사랑할 줄 안다

SEULS LES ENFANTS SAVENT AIMER by CALI
Copyright © Le Cherche Midi, 2018
All rights reserved.

Korean translation copyright © Yolimwon Publishing Co., 2018
This Korean edition is published by arrangement with Le Cherche Midi
through Cristina Prepelita Chiarasini Literary Agent, Paris
and Sibylle Books Literay Agency, Seoul.

이 책의 한국어판 저작권은 Cristina Prepelita Chiarasini Literary Agent와 시빌에이전시를
통해 Le Cherche Midi와 독점 계약한 도서출판 열림원에 있습니다.
저작권법에 의해 한국 내에서 보호를 받는 저작물이므로 무단 전재 및 무단 복제를 금합니다.

오직
아이들만
사랑할 줄
안다

칼리
지음

최정수
옮김

Seuls les
enfants
savent
aimer

열림원

나의 엄마에게

나의 아빠에게

카롤 보베에게

"우리는 늘 버림받은 개처럼 어머니의

무덤을 찾아가 큰 소리로 울부짖는다.

그러면 안 될 것이다.

다시는, 다시는."

— 로맹 가리

나는 가지 못했어요. 엄마의 장례식에. 사람들이 그냥 집에 있으라고 해서 집에 있었어요. 엄마의 방, 침대 옆에. 나는 사람들의 아픔을 보았어요. 햇빛 아래 흘러내리는 사람들의 눈물도요. 살짝 열린 겉창을 통해 보았죠. 사람들은 울고, 탄식하고, 서로의 손을 잡았어요. 그러고는 앞뒤로 서서 종종걸음으로 걸어갔어요. 앙탕트 코르디알 광장으로 이어지는 길을 따라갔어요. 그런 다음, 길을 올라가 교회 발치에 다다랐죠.

아빠가 검은 자동차 뒤에 서 있어요. 아빠는 가장 힘센 사람이에요. 아빠의 두 팔은 날개예요. 아빠는 한쪽 팔에 형을 끼고, 다른 팔로는 누나들을 안고 있어요. 그런 채 친척 아저씨들, 아주머니들, 사촌 형제들 그리고 다른 사람들의 뒤를 따라갔어요. 어른들과 아이들, 젊은 사람들과 나이든 사람들 모두 다 검은 옷을 입고 있었죠. 나는 그 사람들의 얼굴을 봤어요. 한 사람 한 사람을 알아볼 수 있었어요. 성姓, 이름, 얼굴과 표정까지요. 우리 가족들, 지인들, 마을 사람들이 모두 거기에 모여 있었어요.

그런데 나는 그 사람들과 함께 있지 못해요. 나는 죽음을 마주하기엔 너무 어리대요. 그래서 엄마 곁에 있을 수 없고, 다른 사람들과 함께 엄마 뒤에서 걸을 수 없대요. 아뇨, 난 할 수 있어요. 정말이에요. 엄마. 묘지에 파놓은 구덩이 안으로 나무관이 내려가는 모습을 보기에 나는 너무 어리대요. 하지만 내가 아는 사람들은 모두 저기에 있잖아요. 잿빛 옷을 입은 시청 직원 두 명도 있네요. 저 사람들이 엄마를 흙으로 덮을 거라는 걸, 그렇게 엄마를 깜깜한 어둠 속에 가둬놓을 거라는 걸 난 알아요. 그런데도 '어린아이'는 관이 구덩이 깊은 곳에 내려앉는 소리를 들어서는 안 된다는 거죠. 엄마가 조그만 마지막 집의 바닥에 닿을 때 날 그 희미하고 깊은 소리 말이에요.

나는 여섯 살이에요. 어둠에 잠긴 이 방에서 혼자 바깥을 살펴보고 있죠. 사람들이 저기서, 교회 뒤쪽의 움푹 파인 길에서 곧 돌아올 거예요. 나는 여섯 살이고, 기다리고 있어요. 무얼 기다리느냐고요? 나도 모르겠어요. 알도 형이 돌아오기를, 형과 조금 놀 수 있기를 기다리죠. 나는 슬퍼할 자격이 없어요, 그렇죠? 이 겉창이 열리면, 빛이 들어오면, 내가 햇빛 아래 나가 엄마의 장례식에 참석할 수 있으면 좋겠어요….

오늘은 학교 수업이 없어요. 당연하죠. 엄마가 우리 학교 선생님이니까요. 오늘은 1월 7일이에요. 엄마 침대 옆에 놓인 자명종 시계에 그 날짜가 떠 있어요.

1월 7일, 베르네레뱅, 엄마의 장례식, 여섯 살. 나는 거기에 갈 수 없어서 방 안에서, 살짝 열린 겉창을 통해 모든 걸 지켜봤어요. 울지 않고요.

우리 아파트는 엄마의 교실 바로 위층에 있어요. 여기서 우리 여섯 식구가 다 함께 살았죠. 이 집에 사는 건 엄마 덕분, 엄마의 직업 덕분이었어요.

다시 집에 오게 돼서 기뻐요. 물론 난 옥타브 작은할아버지와 마르셀 작은할머니를 무척 좋아하지만, 너무 오랫동안 집을 떠나 있었으니까요. 작은할아버지와 작은할머니가 키우는 조그만 개 디안도 참 좋아요. 디안은 두 분의 아기나 다름없죠. 날씨가 추워지면 작은할머니는 디안에게 스웨터도 입혀줘요. 네, 그래요. 개들이 입는 스웨터가 있어요. 작은할머니가 직접 뜨개질을 해서 그걸 만들어요. 아빠는 엄마가 쉬어야 한다고 말했어요. 그래서 내가 작은할아버지 집으로 간 거고요.

보 로*. 거기에 작은할아버지의 집이 있죠. 마을 아래, 길 끄트머리 8번지요. 작은할아버지는 그곳에 일본식 정원을 무척 공들여 가꿔요. 아주 조그만 나무들이 있는, 마치 이 세상처럼 거대한 정원이에요. 작은할아버지가 그 조그만 생명체들 사이에서 바쁘게 정원을 가꾸는 모습을 봐야 해요. 몇 센티미터 높이의 나무들이 공기 중에 가볍게 흔들리며 몇 제곱미터의 천국을 그려내죠. 그 집에 도착해서, 나는 하얀 자갈이 깔린 작은 길들을 달리며 놀았어요. 그 길들은 자그마한 선인장과 키 작은 나무 들 사이로 뻗어 있죠. 나는 훌륭한 정원사가 된 내 몸을 아무 데도 부딪히지 않으려고 애쓰며 임무를 솜씨 좋게 완수했어요.

그 작은 길들은 많은 집중을 필요로 했어요. 적응해야 했죠. 정말이에요. 그 정원은 작은할아버지에게 인생 이상이었고, 이제는 나의 세계가 되었죠. 앞으로 올 수년 동안 우리는 그 길들을 헤아리지 않을 테니까요. 안 그래요? 사람들이 죽음은 존재하지 않는다고 나에게 말했으니, 더이상 헤아리는 수고를 할 필요가 없죠. 아무도 나에게 그 반대의 이야기를 하지 않을 거예요. 거짓말도 죽음과 같다는 걸, 그것이 존재하지 않는다는 걸 다들 잘 알면서 말이에요.

작은할아버지는 차고 안에 덫을 만들어놓았어요. 그것들을 나에게 보여주었죠. 어떻게 작동하는지 설명도 해주고요. 나는 그차고가 조금 무서웠어요. 그 안에 들어갈 때면 항상 가슴이 두근거려요. 그 차고의 시멘트 바닥은 경사가 져 있죠. 그곳의 희미한 빛 속으로 들어가면 모든 것이 어둠의 색을 띠고 이상한 냄새가 가득해요. 그 냄새를 뭐라고 하는지 모르지만, 다른 데서는 그런 냄새를 맡아본 적이 없어요. 그건 그냥 작은할아버지의 차고 냄새예요. 야릇한 냄새.

나는 그 덫으로 벌레를 잡고 싶었어요. 하지만 벌레들이 죽는 모습을 보는 건 너무나 싫었어요. 나는 꿀벌 한 마리를 상상했어요. 꿀벌이 덫에 걸려들었는데 그 꿀벌에게 아기가 있다면, 가까운 곳에 아기를 버릴 수밖에 없잖아요? 아니면 아기마저 병 위로 날아와 덫에 걸려들까요? 그 덫은 미네랄워터 병으로 만들었거든요. 위에서 4분의 3 지점을 깔끔하게 잘라내서, 잘라낸 부분을 거꾸로 뒤집어놓는 거예요. 그러니까 주둥이가 아래쪽으로 가게 놓는 거죠…. 작은할아버지는 거기에 꿀도 부어놨어요. 그렇게 하면 그것이 죽음의 물병이 되는 거죠. 꿀 냄새에 이끌려 벌레가 꼬였어요. 벌레는 플라스틱 미끄럼대 위를 미끄러지더니, 다시 위로 올라가지 못했죠. 그 맛있는 접착제 안에 빠져서는, 달콤한 냄새 속에서 천천히 고통스럽게 죽어갔어요.

작은할아버지는 그 물병 덫 네 개를 차고 네 귀퉁이에 놓아두었어요. 자동차 주위에요. 작은할아버지의 자동차는 완전무결해요. 작은 흠집 하나 없죠. 색은 마치 하늘처럼 파랗고요. 죽음의 덫에 둘러싸인 그 자동차는 결코 변하지 않는 신전 같아요.

작은할아버지 집에 머무는 동안, 그 일은 내 하루 일과 중 하나가 되었어요. 아침마다 벌레들이 물병 덫에 걸려 죽어 있는지 차고로 보러 가는 거요. 나는 차고에 갔지만, 사실 마지못해 갔던 거예요. 속으로는 그 물병 덫을 부수고 망가뜨려 환한 빛 속에 흩뜨려버리고 싶었어요. 한편으로는 비밀 요원으로서 모든 것을 확인하고 싶은 호기심이 있었지만, 다른 한편으로 생각하면 그 벌레들은 나와 아무 상관도 없었죠. 그 벌레들이 이 세상에서 떠나는 모습을 보면 내 마음이 얼마나 기쁠까요? 작은할아버지는 원칙을 충실히 지켰어요. 나를 따라왔죠. 우리의 덫 속에는 아무것도 없었어요. 나는 실망했어요.

요전날 나는 우리집을 떠나야 했어요. 하지만 그러기로 결정한 건 내가 아니었어요. 아빠는 나를 두 팔로 안아 엄마가 누워 있는 곳으로 마치 깃털처럼 가볍게 데려갔죠. 평소에 엄마가 누워 있던 곳이 아니었어요. 엄마는 거실의 빨간 소파에 누워 있었어요. 엄마 방은 햇볕이 너무 강하게 내리쬐어서 엄마를 거기에 누인 거죠. 겨울 볕이 불타듯 뜨거웠거든요. 나는 엄마를 바라보았어요. 엄마가 눈을 뜨고 나에게 미소를 지어주었죠. 희미한 미소였어요…. 엄마는 미소짓느라 더 아픈 것 같았어요. 엄마가 그렇게 예뻐 보인 적이 없어요. 엄마는 너무 야위어 보였어요. 하지만 그건 당연한 일이었죠. 엄마는 아팠으니까요.

엄마는 늘 입는 오렌지색 체크무늬의 노란 원피스를 입고 있었어요.

학교 운동장에서 엄마의 원피스는 나의 피난처였어요. 나는 그 속에 숨는 걸 좋아했죠. 그럴 때면 엄마는 나를 슬며시 밀어 냈고요. 엄마는 정의로운 선생님, 모든 아이들의 선생님이니까요. 그래도 엄마는 웃어줬어요. 내 엄마니까요. 엄마의 미소는 내 거예요. 그건 오직 나만을 위한 거예요. 나는 운이 좋은 아이예요….

나는 엄마 위로 몸을 숙였어요. 엄마가 나를 품에 안아주었어요. 아, 별일은 아니지만, 엄마는 아빠만큼 힘이 없었어요. 별일 아니지만 사실 큰일이기도 했죠.

엄마가 엄지손가락으로 내 볼을 부드럽게 쓰다듬어주었어요. 그리고 조그맣게 몇 마디 중얼거렸죠. 어떻게 큰 소리로 말할 수 있었겠어요? 엄마는 그렇게나 아픈데요. "사랑한다, 나의 귀여운 브루노." 그런 다음 "또 만나자"라는 희미한 소리가 들렸어요. 그다음엔 아무 말도 없었죠. 아빠가 나에게 말했어요. "엄마는 잠드셨어." 그리고 이 말을 덧붙였죠. "그거 잊지 않았지." 그래서 나는 엄마의 귓가에 입을 대고, 엄마가 나에게 말했을 때처럼 조심스럽게 속삭였어요. "생일 축하해요, 사랑하는 엄마." 그날은 1월 3일이었어요. 엄마는 그날 아침 서른세 살이 되었죠. 탁자 위에 빈 샴페인 병이 놓여 있었어요. 잔 세 개도요. 그중 하나에는 샴페인이 조금 남아 있었죠. 아빠가 거기에 손가락을 담가 샴페인을 내 이마에 천천히 펴발랐어요. 아빠는 가족의 생일 때마다 그렇게 했죠. 샴페인이 행운을 가져다준다면서요.

그 샴페인을 가져온 사람은 엄마의 남동생인 실뱅 삼촌이었어요. 내가 엄마에게 어떤 놀라운 선물을 할 수 있었을까요? 작은할아버지의 멜로디언으로 엄마에게 뭔가를 연주해줄 수 있었을 거라 생각해요.

그리고 1월 5일이 되었어요.

나는 기억해요. 작은할머니가 냉장고 위쪽의 조그만 달력에서 4일 자 종이를 뜯어냈거든요. 그리고 그 종이를 나에게 내밀었어요. 나는 달력에서 뜯어낸 종이들을 상자 안에 보관해두고 있었어요. 작은할머니가 내민 종이 한가운데에 4자가 쓰여 있었어요. 그 아래에는 그날의 그림이 그려져 있었고요. 챙 달린 모자를 쓴 어떤 남자가 담배를 피우는 그림이었어요. 그 남자는 자신에게 인사하듯 앞발을 든 개에게 엄지손가락을 내밀며 살짝 웃고 있었죠.

작은할머니는 주방에서 한창 점심을 준비중이었어요. 모습을 보지 않아도 소리로 다 알 수 있었죠. 주방문에 달린 유리창에서 밝은 빛이 새어나왔어요. 하지만 그 유리창엔 요철이 있어서 반대편 사람들의 모습이 일그러져 보였어요. 나는 디안과 함께 거실에서 놀고 있었죠. 사람들이 봤다면 다람쥐 같다고 했을 거예요. 주위에는 내가 감히 만지지 못하는 유리 장식장이 있었죠. 물론 나는 만지고 싶었지만요…. 그 장식장 안에는 메달들, 쇠로 된 비행기, 미니어처 병사들, 권투 글러브까지 들어 있었어요. 정말 잘 정리되어 있었죠…. 작은할아버지는 권투를 조금 했었대요…. 하지만 진짜 스포츠맨, 진짜 권투 선수는 작은할아버지의 형이자 엄마의 아빠인 앙리 할아버지예요. 앙리 할아버지는 미국에 가서 권투 선수를 할 수도 있었을 거예요. 그럴 만큼 빠르고 강했으니까요. 하지만 할아버지는 스텔라 할머니와 결혼했고, 베르네레뱅에 머물렀죠. 언젠가 할아버지가 나에게 그 이야기를 털어놓았고, 난 참 슬픈 이야기라고 생각했어요. 그뒤 할아버지는 무척 뛰어나고 유명한 석공이 되었죠. 할아버지는 짓고 있는 집의 지붕 작업을 마무리하는 즉시 나를 그곳으로 데려가주었고, 굴뚝에 꽃다발을 꽂는 영광을 나에게 베풀어주었어요. 새로 지은 집의 첫 입주자에게 꽃다발만큼 귀한 것은 없죠. 그건 샴페인처럼 행운을 가져다줘요.

거의 정오가 다 된 시간이었어요. 주방에서 너무나 맛있는 냄새가 풍겨와 그걸 알 수 있었죠. 작은할아버지가 집에 도착했어요. 작은할아버지는 웃으면서, 울면서 내 이마에 입맞춤을 했어요. 그런 다음 작은할머니에게 갔죠.

주방문 유리창 뒤에 작은할아버지와 작은할머니의 일그러진 윤곽이 보였어요. 그런데 그 모습이 너무나 이상했어요. 두 분은 조금 움직이더니, 서로를 힘껏 부둥켜안았어요.

마침내 작은할아버지가 한숨을 내쉬고는 말했어요. "미레유가 세상을 떠났어."

그러더니 한층 더 큰 소리로 울었어요.

미레유가 엄마라는 걸 난 알고 있었어요. 하지만 '세상을 떠났다'는 건 무슨 뜻이에요?

알도 형이 우리에게 다가왔어요. 알도 형은 열한 살이죠. 형은 울었어요. 그러느라 나에게 아무 말도 하지 못했죠. 나는 형을 따라 울었어요. 난 항상 형이 하는 대로 따라 하고 싶으니까요.

저기 사람들이 엄마의 장례식에서 돌아오네요. 시간이 꽤 많이 걸렸어요!

마오 아저씨와 아저씨의 아내 조제트 아주머니가 보여요. 둘이서 아빠를 부축하고 있네요. 아빠의 가장 친한 친구 마오 아저씨도 아빠만큼이나 많이 울고 있어요. 모든 사람들 눈에 눈물이 가득해요. 사람들이 우리집 문가에 도착했어요. 아빠가 사람들을 포용하며 고맙다고 말했어요. 그리고 덧붙여 말했죠. "이제 혼자 있고 싶네." 아빠의 가족인 우리와 함께.

나와 눈이 마주친 사람은 아무도 없었어요. 그들은 내 시선을, 슬퍼하는 어린아이의 눈길을 피했어요. 상처 입은 여섯 살 소년의 눈길을요.

　나는 우리 가족과 함께 있는 게 좋아요. 아빠, 알도 형, 지나 누나, 산드라 누나, 그리고 엄마와.
　집안 분위기가 어두워졌어요. 평소와는 다른 어둠이 우리 위로 내려앉았죠. 우리는 함께 있어야 했어요. 하지만 아니었어요. 각자 자기 방에 틀어박혔죠. 내 침대는 알도 형의 침대 밑에 있어요. 산드라 누나와 지나 누나가 우는 소리가 아주 가까이서 들렸어요. 누나들이 시끄럽지 않게 숨죽여 우는 소리가 내 귀에 들렸어요. 내 방 창문으로 나가면 학교가 굽어보이는 지붕 위로 올라갈 수 있어요. 알도 형은 혼자 있고 싶어하는 것 같아요. 빨간 타일 위에 가만히 앉아 있어요. 나에게 한마디 해주면 좋겠는데, 꼼짝 않고 앉아만 있네요. 형이 가만히 있으니 내가 뭐라도 해야 할 것 같아요. 형이 무릎에 얼굴을 묻고 우네요. 나는 형을 바라봐요. 우리 형 잘생겼네요. 아빠도 혼자 있어요. 아빠는 방문을 닫아버렸어요. 나는 걱정하면 안 돼요. 이건 당연한 일이에요, 안 그래요? 남자가 아내를 잃고 땅에 묻은 뒤, 혼자 있는 것 말이에요. 마침내 아빠가 방문을 열었고, 나는 곧바로 아빠에게 뛰어가 달라붙었어요. 산드라 누나도 우리에게 왔어요. 잠시 후 지나 누나가 왔고, 알도 형도 왔어요. 우리가 각자 홀로 있은 시간은 아주 잠깐이었어요. 우리는 서로에게 몸을 찰싹 붙였어요. 그 자세 그대로 엄마 아빠의 커다란 침대에 풀썩 쓰러졌어요. 남은 가족들이 서로 얼싸안았어요. 슬픔 한 다발이 엄마 아빠의 커다란 침대 위에 던져진 거예요. 우린 한마디도 하지 않고 마음껏 울기만 했어요. 나는 아래쪽에 있었고, 아빠가 우리를 꼭 껴안아주었어요. 아빠는 밤색 정장을 입고 있었어요. 중요한 날에 입는 옷이죠. 선거 때, 부시장으로 선출되었을 때도 그 옷을 입었어요.

엄마도 기억하죠? 길 끝의 시청으로부터 기쁨의 숨결과 함성이 쓰나미처럼 몰려왔잖아요. 그때 엄마는 침대에서 쉬고 있었죠. 사람들이 달려와 엄마에게 기쁜 소식을 알려주었어요. 그날 엄마가 흘린 기쁨의 눈물과 웃음이 멀리 하늘 위로 올라갔어요. 우리가 이겼어요. 르네 아저씨, 마리오 삼촌, 주요 인사들, 친구들이 아빠를 자랑스럽게 어깨 위에 떠메고 왔어요. 엄마한테요. 그런 다음 그들은 엄마를 들어올렸고, 엄마와 아빠는 세상의 지붕 위에서 입맞춤을 했죠. 우리는 바닥에 발을 디딘 채 몹시 감동해서 아빠 엄마를 쳐다봤어요. 그 승리는 그야말로 불꽃같았어요. 정말이지 가슴 벅차게 기뻤어요. 엄마도 기억하죠?

며칠 동안 집에 있었고, 오늘은 학교에 가야 해요. 엄마의 장례식 때문에 며칠 방학을 한 거죠. 그마저도 이젠 끝났어요.

모두들 "남은 사람은 살아가기 마련이야"라고 말해요. 그 말로 우리들 한 사람 한 사람이 그 사실을 실감하게 해요. 살아가긴 하겠지만 엄마 없이 살아가겠죠.

학교에서 아이들이 나를 곁눈질했어요. 카즈 선생님은 나에게 입맞춤을 하고 10초 정도 꽉 안아주었어요. 평소에는 한 번도 그런 적이 없는데 말이에요.

카즈 선생님은 상냥한 말 몇 마디를 건네고 나서 마침내 포옹을 풀어 나를 숨쉴 수 있게 해주었어요. 조금만 더 있었으면 정말로 숨이 막혔을 거예요.

에릭 퀼렐이 와서 나에게 말했어요. "네 엄마 돌아가셨다며! 네 엄마 돌아가셨다며!"

에릭의 얼굴에 잔인한 웃음이 피어올랐어요. 에릭은 마치 동요를 부르듯 그 말을 흥얼거렸어요. 행실이 나쁜 아이는 아니었지만 그애의 태도는 이상했죠. 그런데 엄마, 정말이에요? 엄마는 돌아가셨어요? 정말, 정말이에요?

다시 학교에 다니게 된 이후로, 내 등에 큼직한 게시판이 붙어 있고 가는 곳마다 그것을 보여주고 다니는 기분이 들어요. '내 엄마는 돌아가셨어'라고 적힌 게시판요.

쉬는 시간에 아이들이 내 얼굴을 뚫어져라 쳐다봤어요. 모두들요. 1, 2학년 친구들도, 5, 6학년 선배들도, 운동장에 있는 아이들도. 나는 내 뜻과 상관없이 영화의 주인공이 돼버렸어요. 아이들이 작은 소리로 수군거렸어요. 카롤도 나를 유심히 쳐다봤고요. 카롤은 우리 학교 여자아이들 중 제일 예쁜 아이예요. 이상하지만 그랬어요, 엄마. 엄마가 돌아가신 일 덕분에 카롤 보베가 나를 쳐다봤어요! 아무한테도 말하지 않았지만, 난 그애를 사랑해요. 아, 엄마만큼은 아니에요. 엄마와는 다르죠. 언젠가 용기가 생기면 꼭 그애한테 말할 거예요. 그애가 내 쪽으로 다가오자 몸이 화끈거렸어요. 하지만 잘 버텨냈죠…. 눈 깜짝할 사이에 통증 비슷한 것이 덮쳐와서 거의 울고 싶었어요. 그 이유를 조금은 알 것 같았죠. 그 화끈거리는 느낌에는 행복의 시럽 같은 감미로움이 있었으니까요! 마시면 강해지고, 커다란 환희를 가져다주는. 뭐라고 말해야 할까요, 그 순간 내 삶이 두터워졌어요. 그래요, 내 삶이 곱해졌어요. 카롤이 나에게 다가왔을 때, 내 삶이 곱해졌어요. 내가 나인 동시에 나의 만 배인 것처럼….

이상하지만, 수영장에서 수영을 하고 나와 탈의실 안, 말다툼하며 옷을 갈아입는 아이들 속에 있을 때도 똑같은 느낌이 들어요. 오후 끝 무렵 알몸으로 혼자 유리창 너머 먼 곳을, 구름이 깨끗이 걷힌 하늘을 시간 가는 줄 모르고 바라볼 때요. 그렇게 내 삶이 점점 커져가요. 그 무엇과도 닮지 않은 오후의 그 수영장 냄새와 함께.

행복해요. 나는 살고 있어요, 살고 있어요. 밖에서 친구들이 나를 기다려요. 장미하고 파스칼이요. 우리는 잘 지내요. 나는 그 친구들과 잘 지내요. 난 사랑이 필요해요.

사람들이 전부 태워버리기로 결정했어요.

아빠는 그 결정에 아무런 책임이 없어요. 그걸 주도적으로 결정한 사람은 아빠가 아니에요.

아빠는 슬퍼해요. 아빠는 황폐해졌어요. 아빠는 망가졌어요. 아빠는 길을 잃었어요. 요전 날 아빠가 우리에게 말했어요. 이제 엄마는 더이상 우리 곁에 없고, 아빠도 곧 죽지는 않을 테지만 결국에는 죽을 거라고. 우리 넷은 팔을 밑으로 늘어뜨린 채 아빠를 쳐다봤어요. 그런데 엄마의 물건들을 모두 태워버린다니, 누가 그런 말도 안 되는 생각을 해냈을까요? 나는 다른 겉창 뒤에 숨어 도대체 무슨 일이 일어나고 있는지 엿보았어요. 엄마가 맡았던 유치원 반 아이들이 쉬는 시간에 노는, 운동장이 내

다 보이는 겉창요. 그쪽에 햇빛이 잘 들잖아요. 대체 사람들은 무슨 생각으로 그런 일을 하려는 걸까요? 절망 때문일까요? 그 사람들이 종이 상자들을 운동장 한가운데로 가지고 왔어요. 난 그 사람들에 대해 전혀 알고 싶지 않았지만, 안타깝게도 한 사람 한 사람의 얼굴을 전부 알아볼 수 있었어요. 그러고 싶은 마음도 없었는데 그들 모두를 알 수 있었죠.

그 사람들은 아침 일찍 도착해 옷장 문을 단숨에 열어젖혔어요. 옷걸이에서 옷을 벗겨내는 소리, 서랍들이 부딪칠 때 나는 달그락거리는 소리가 내 방에서도 들렸어요. 말 한마디 없이, 비겁하게 전부 다 가져갔어요. 그들은 굶주린 불길처럼 전부 다 쓸어갔지만, 뭐든 좋으니 엄마의 물건을 하나라도 나에게 남겨 두면 좋겠어요. 제발 내 엄마의 일부를 나에게 남겨줘요! 나는 겉창 뒤에 숨어 그들이 바삐 움직이는 모습을 지켜봤어요. 요전 날 엄마를 데려갔을 때처럼.

불길 속에 모든 걸 불살라버린다는 건 흔적을 남기지 않고 삶을 재로 만들어버린다는 뜻일까요? 엄마를 삼켜버린 질병이 다른 누군가에게 들러붙을까요?

그들은 두려워하고 있어요. 그래요. 그들은 두려움에 사로잡혔어요! 나는 그들 모두를, 한 사람 한 사람을 알아요. 매일 그들과 마주쳐요. 그들은 말 못하는 악마 같은 피조물처럼, 어둠을 퍼뜨리는 공포 영화에서처럼 옮겨다니죠. 하지만 전반적으로 차분해요. 그 괴물들 중 하나가 긴 몽둥이로 모닥불을 조용히 쓰석거려 불길을 일으켰어요. 그러고는 종이 상자에 가득 든 엄마의 물건들을 운동장 한가운데 피워놓은 모닥불에 차례로 비워냈죠. 모닥불의 열기가 내 눈가까지 올라왔어요. 불길은 타닥타닥하는 소리를 요란하게 냈어요. 모든 걸 닥치는 대로 입안에 욱여넣고 기분이 좋아진 식인귀처럼요. 이윽고 구슬픈 탄식 소리가 들렸어요. 어느 순진무구한 영혼이 그 불길에서 도망치려 하는 것처럼요. 멈춰요, 제발 멈추라고요!

내 목소리가 높이 올라가 그들에게 닿았으면, 그들의 냉정한 마음을 뚫고 들어갔으면 했어요. 멈춰요! 하지만 아무도 듣지 않았어요. 아무도 말을 하지 않았고요. 이제 엄마의 물건들 중 남은 것은 아무것도 없을 거예요. 아무것도요.

엄마가 불에 타네요. 나는 겉창 뒤에서 엄마가 불길 속에 사그라져 재가 되는 모습을 보고 있어요. 아무것도 이해가 안 돼요.

나는 여섯 살이에요. 우리 가족은 엄마가 떠난 이후 벌어져 있던 구멍을 더욱 깊이 파기로 했어요.

엄마에게 할 말이 있어요…. 오늘 어떤 아이가 우리 반에 전학을 왔어요. 일대 사건이었죠. 그 아이는 반 아이들을 마주하고 카즈 선생님 옆에 서 있었어요. 모두들 그 아이를 뚫어져라 살펴보았죠. 선생님이 우리에게 그 아이를 소개하는 동안 그 아이는 고개를 숙여 자기 발을 내려다보며 꼼짝 않고 서 있었어요. 그건 쉽지 않은 일이죠. 아는 사람이 아무도 없는 곳으로 이사 오는 것 말이에요. 그애는 키가 작았어요. 무척 작았죠. 이름은 알렉상드르 졸리고요. 마침내 그애가 고개를 들고 자기 자리를 찾아갔어요. 앞머리가 길게 내려와서 그 뒤에 숨겨진 눈이 겨우 보였어요. 그애의 눈은 컸고, 진한 초록색이었어요. 눈이 굉장히 컸어요. 내 눈보다 훨씬 더 예쁜 것 같았고요. 그래요, 그렇다니까요. 엄마! 물론 그애가 나보다 더 잘생기기를 바라지는 않지만요. 반 아이들은 그애한테 말을 걸지는 않았지만, 다들 그애를 유심히 관찰했어요. 카롤 보베도 그애를 뚫어져라 쳐다봤고요. 그것으로 말 다 한 거죠. 장 마르크 자네티만 라디에이터 옆에서 장난을 쳤어요. 장 마르크는 그 라디에이터를 자기 장난감으로 여기는 것 같아요. "졸리, 너 안 잘생겼어." 장 마르크 자네티는 오늘도 바보 같은 말을 내뱉었어요.

그러니까 내가 하고 싶은 말은 이거예요. 알렉상드르 졸리가 학교에서 새로운 스타가 됐다는 거요. 난 그 사건에 전혀 열광하지 않지만요. 나는 얼마 전에 엄마가 돌아가셨고, 그애는 전학을 와서 모두의 관심 대상이 되었어요…. 그애가 진한 녹색의 예쁜 스웨터와 그것만큼 멋진 빨간 셔츠, 청바지 그리고 새하얀 운동화 차림으로 맵시를 뽐내고 있었던 건 사실이에요! 잘생기기도 했고요. 사실 굉장했죠. 신선하고 새로운 매력을 지녔더라고요. 쉬는 시간이 되자 반 아이들이 모두 그애 주위를 맴돌았어요. 여자아이들은 그애에게서 눈을 떼지 못했고요. 카롤 보베도 다른 아이들과 마찬가지였어요. 아이들은 그애에게 질문을 던졌어요. 그애에 관해 궁금해하지 않을 수 없었으니까요. 그애는 잘생긴 전학생의 위치를 즐겼어요. 나는 그게 짜증이 났고요….

교실로 돌아가려고 하는데, 그애가 나한테 다가왔어요. 나는 멀찍이 서 있었죠. 그애가 그다지 마음에 들지 않았거든요…. 그애가 나에게 손을 내밀었어요. 하지만 난 그애의 손을 잡지 않았죠. 결정은 내가 하는 거니까요.

오늘 하루는 길었어요. 너무나 길었어요. 초록색 눈의 그 아이에게서 눈길을 돌릴 수 없다는 걸 느꼈어요. 그애는 내 두 줄 앞에 앉아 있었고, 나는 계속 그애를 훔쳐봤어요. 선생님의 이야기도 귀에 잘 들어오지 않았어요. 그 아이는 우리의 생활을 망치러 온 거예요. 갑자기 그애가 나타났고, 우리는 그애가 어디서 왔는지, 여기서 뭘 하는지 궁금해하지 않을 수 없었죠. 카롤보베도 그애한테 반할까요? 아니, 안 돼요, 그건 말도 안 되는 일이에요! 그건 나에게 벌을 주는 거예요, 안 그래요? 내가 착하게 행동하지 않아서 벌을 받는 걸까요? 아무래도 내가 이런 일을 당해도 싼, 못돼먹은 행동을 했나 봐요. 내게서 엄마를 빼앗아가더니, 이제는 잘생긴 애가 전학 와서 내 사랑을 훔쳐가려고 하네요…. 정확히 어디에 계신지는 잘 모르지만 저 위에 계시다는 하느님, 제가 잘못했어요.

잘못했어요, 엄마. 잘못했어요, 할아버지. 실은 요전 날 날 옷장에서 할아버지의 산탄총을 꺼내 가지고 테라스로 올라갔었어요. 빵! 처음에는 하늘을 향해 한 방 쐈어요. 그 소리가 얼마나 멋있던지! 그다음엔 맞은편에 보이는 굴뚝을 조준했어요. 맹세하는데, 그 굴뚝은 정말로 맞히기엔 너무 멀었어요. 쏘고 나면 산탄이 아래로 떨어진다는 걸 알고 있었기 때문에 나는 조금 위로 총을 쐈어요. 그런데 공기 중에서 둔탁한 소리가 났고, 다음 순간 하늘에 깃털들이 한가득 흩날렸어요. 잘못했어요, 할아버지. 잘못했어요, 미안해요. 잘못했어요, 엄마. 그 새를 아프게 할 생각은 없었어요. 그 일 때문에 그 아이가 나에게 온 걸까요? 나쁜 짓을 한 벌로요?

전학생이 뒤를 한 번 돌아봤어요. 그리고 또 한 번…. 그 아이는 내 눈길을 찾았어요. 선생님이 그애에게 새 공책을 주었어요. 그애는 참 잘생겼어요. 하지만 나도 잘생겼죠! 스텔라 할머니가 항상 나한테 그렇게 말하고, 마르셀 작은할머니도 그렇게 말해요! 발이 너무 크다는 흠이 있긴 하지만요. 그래서 수영장에 갈 때면 할 수 있는 한 수건으로 발을 감춰요. 물속에 뛰어들 때는 전속력으로 달려가 단번에 뛰어들죠. 하는 일이라곤 친구들을 놀리는 것뿐인 장 마르크 자네티가 요전 날 그 사실을 알아차리고 나를 놀려댔어요. 난 참지 않았죠. 학교 뒤쪽 담장에 그 녀석의 머리를 밀어붙이고, 다른 손으로는 그 허풍쟁이의 멱살을 잡았어요. 마음 같아선 녀석을 죽여버리고 싶었지만, 그냥 살려줬어요.

알렉상드르 졸리, 나는 널 미워할 거야. 알렉상드르 졸리, 나는 널 미워하고 싶어. 알렉상드르 졸리, 나는 널 미워해야 돼. 하지만 그러지 못했어. 널 미워해야 하는데, 널 미워해야 하는데…. 아니야. 너는 뒤를 돌아보았고, 나를 향해 또 한 번 웃어주었어. 잘생긴 네 모습이 나를 꼼짝 못하게 했지. 내가 너를 잘생겼다고 생각하는데, 어떻게 카롤도 그렇게 생각하지 않을 수 있겠어? 너의 눈빛에는 말로 표현하기 어려운 뭔가가 있어. 그래서

34

나는 네 안의 비극을 감지할 수 있었지. 그래, 너의 눈은 비극적이고, 나는 그것이 당황스러워. 너의 눈 속에 담긴 그 비극은 너에게 잘 어울려. 네 눈매와 잘 결합되어 있어. 너에게는 비밀이 있지. 난 그걸 알고 싶어. 마치 이 순간 내가 평생 동안 내 곁에 나와 함께 머물러줄 존재를 발견한 것처럼. 엄마, 엄마가 내 곁을 떠난 뒤, 그 멋진 아이가 예고도 없이 내 삶 속으로 들어왔어요. 알렉상드르 졸리, 난 널 잘 모르지만 네가 필요해.

내 욕구들은 죽어버렸어요, 엄마. 엄마 곁에 있고 싶다는 것 말고는 난 바라는 것이 아무것도 없어요.

하교할 때 그애가 날 기다리고 있었어요. 우리는 서로를 탐지했어요. 킁킁거리며 서로 냄새를 맡다시피 했죠. 알 수 없는 묘한 분위기가 나를 둘러쌌어요. 심장이 겨우 붙어 있는 것 같았죠. 그것이 느껴졌고, 그것을 알 수 있었고, 그 소리가 들렸어요. 그래요, 내 심장 소리가 들렸어요. 나는 두 팔로 알렉을 끌어안고 싶었어요. 알렉이 너무 좋아요! 난 그애를 알렉이라고 부를 거예요. 알렉도 나를 꼭 안아줄 거예요. 난 사랑이 필요해요. 사랑이 필요해요.

그애 집은 우리집에서 무척 가까웠어요. 내 방 창문에서 최단거리로 100미터 정도 되는 곳이죠. 나는 한마디도 하지 않고 그애를 따라갔어요. 우리는 앞으로 많은 이야기를 나눌 거예요. 그애가 사는 집은 무척 컸어요. 그냥 크기만 한 것이 아니라, 집 뒤에 엄청나게 넓은 정원이 딸려 있었죠. 지금껏 그렇게 넓은 정원은 본 적이 없어요. 그애 아빠는 마을 기숙학교의 새 교장 선생님이었어요. 그분이 바로 그애의 아빠였던 거죠. 알렉은 나를 자기 엄마에게 소개했어요. 그애 엄마도 키가 그렇게 크진 않았어요.

"엄마, 애는 브루노예요. 학교에서 새로 사귄 친구요."

나는 울고 싶었어요. 그 말이 메마른 밭에 비가 내리듯 희망으로 내 마음속을 파고들었거든요. 나도 행복해질 권리가 있을까요? 그애 엄마의 목소리는 정말 온화하고 감미로웠어요. 약간 선생님 책상 앞에서 시를 낭송하는 것 같기도 했어요. "잘 왔다, 브루노. 내 이름은 마리 조제란다."

그 아주머니가 나에게 입맞춤을 해줬어요. 엄마. 방금 전에 만났을 뿐인데, 벌써부터 그 아주머니가 나를 영원히 품에 안아주었으면 하는 생각이 들어요.

엄마가 세상을 떠난 후, 검은 베일이 우리집을 뒤덮었어요. 우리는 엄마의 침묵을 슬픔의 벽지 위에 공들여 다듬어요.

아빠는 저녁에 퇴근해서 돌아와도 한마디도 하지 않아요. 탁자 앞에 앉아 텅 빈 바깥을 하염없이 바라보기만 하죠. 우리에게는 보이지 않는 무無를. 이제 아빠는 내가 잘 지내는지 어떤지도 알지 못해요. 형이 어떻게 지내는지, 누나들이 어떻게 지내는지도요. 학교에서 무슨 일이 있었는지도. 아빠 대신 산드라 누나가 모든 것을 돌봐요. 열두 살인 누나가 최선을 다해 우리

가족을 조난에서 구원하고 있는 거죠. 엄마가 했던 것처럼 나도 보살펴주고요. 누나가 학교에서 돌아와 식사를 준비하고, 다음 날 내가 입을 옷들을 꺼내놓는 걸 보면 엄마도 누나를 자랑스러워할 거예요. 내가 정말 좋아하는 누나. 누나는 집에서 헌신적으로 애정을 쏟고, 학교에 가면 학교를 환히 밝혀요. 아를레트 아주머니도 우리를 도와줘요. 아를레트 뷔장 아주머니는 엄마의 참 좋은 친구였잖아요. 아를레트 아주머니는 남편과 세 아이를 돌보는 틈틈이 우리집에 와서 우리를 지원해줘요. 아주머니는 정말 놀라운 분이에요. 집안일에도, 우리를 포옹해주는 데도 인색하지 않아요. 포옹은 우리가 무척 필요로 하는 것이에요.

일요일 저녁에, 아를레트 아주머니와 아주머니의 남편 르네 아저씨가 마을 높은 곳에 있는 그분들 집에서 한턱냈어요. 우리 가족 모두가 식사 초대를 받았죠. 화기애애한 시간이었어요. 슬픔 속에서도 즐거움이 조금은 남아 있었는지, 우리는 되도록 음식을 제대로 맛보려고 서둘렀어요. 슬픔이 우리 두 가족을 하나로 묶어주었죠. 아저씨와 아주머니가 아빠를 위로하는 동안, 우리는 숨바꼭질을 하며 놀았어요. 브루노, 릴리 그리고 도미와 함께. 재미있었어요. 그 집 아들 브루노 때문에 내 이름도 브루노가 되었잖아요. 나도 알아요. 내가 세상에 나오는 걸 엄마 아빠가 예상하지 못했다는 거요. 사람들이 이야기해줬어요. 나 자신을 해하고 싶을 때면 곧장 그 생각이 나요. 내가 태어났을 때,

엄마 아빠는 내 이름을 뭐라고 지을지 떠오르는 것이 전혀 없었죠. 아빠가 엔조라는 이름을 제안했지만 받아들여지지 않았고, 결국 엄마 아빠는 아를레트 아주머니의 아들처럼 브루노라고 짓기로 합의했어요. 엄마가 그 이름이 너무나 귀엽다고 생각했으니까요. 뷔장 집안에서 보낸 일요일은 잔칫날처럼 즐거웠어요. 슬픔에 무겁게 짓눌릴 때는 그런 지지가 사람을 버틸 수 있게 해주죠.

식사가 끝나자, 아를레트 아주머니가 우리들 한 사람 한 사람에게 작은 동전을 하나씩 주었어요. 언제나 그랬던 것처럼요.

카스테유의 집이에요. 우리는 엄마가 좋아했던 이 집을 잘 활용하고 있어요. 그렇지 않겠어요? 베르네 위쪽 작은 마을 끄트머리, 경사진 비탈길 아래에 있는 돌로 지은 작은 건물 말이에요. 좀더 멀리에는 다정한 강이 흐르고, 매혹적인 숲도 있죠. 나도 그곳을, 그 집을 좋아해요. 아빠가 설계했죠. 하지만 아빠는 그 집을 팔아야 하고, 나는 그 집과 헤어지는 것이 슬퍼요.

뒤쪽 들판에는 커다란 바위산이 우뚝 솟아 있죠. 나는 그 위에 기어올라가 길게 누워요. 혼자서요. 그런 다음 눈만 감으면 되죠. 그곳은 나의 피난처예요. 아빠는 벽난로를 받치는 들보 위에 엄마의 사진을 놓아두었어요. 사진 속 엄마는 정원을 향해 열려 있는 창문 달린 문 앞에 서서 미소짓고 있죠. 아, 그 사람들이 이 사진은 태우지 않았네요.

　지난 여름, 집안에 불도 다 끈 어느 밤이었어요. 엄마가 내 손을 잡고 '엄마가 어렸을 때' 이야기를 해주었어요. 대단한 일은 아니었죠. 우리 옆에서 가스등이 치직거렸어요. 조금 급격하고 불규칙하게 타오르던 그 불빛 때문에, 엄마가 이야기하는 모습이 마치 오래된 영화처럼 느껴졌어요. 엄마가 엄마의 빨간 숄을 내 어깨에 덮어주었고, 나는 엄마의 무릎 위에서 잠이 들었죠. 주위에는 숲에서 우리집 구석진 곳까지 스며들어온 나뭇잎과 풀잎 냄새가 가득했어요. 여름날의 냄새. 엄마가 보고 싶어 죽을 것 같아요. 대체 언제까지 돌아가신 채로 있을 거예요?

오늘 아침엔 다 같이 울었어요. 아빠까지요.

우리의 아이리시 세터 종種 개 테키를 누가 훔쳐갔거든요.

밤에 나쁜 놈들이 와서 개집 위의 창살을 구부러뜨리고 테키를 데려간 거예요. 테키는 성격이 온순해서 반항조차 하지 않았어요.

어제만 해도 테키는 내 노란 플라스틱 장화를 핥고 꼬리를 흔들었어요. 온 힘을 다해 바닥에서 내 몸으로 기어올라 내 어깨 위에 앞발을 올리고 내 양쪽 뺨을 혀로 핥아주었어요.

어제만 해도 내가 양팔을 벌리고 눈을 감으면 테키가 와주었어요. 그 느낌은 환상적이었어요. 마치 부드러운 붓이 내 양쪽 뺨 위를 달리는 것 같았죠.

그런데 나쁜 사람들이 테키를 훔쳐갔어요.

어떻게 개를 훔쳐갈 수가 있죠?

나는 토끼장 옆 고철 더미 위로 올라갔어요. 우리의 흰 토끼
는 오래전에 가버리고 없어요…. 토끼장 안에 마른 똥덩어리들
과 오래전부터 더이상 주황색이 아닌 당근 하나가 남아 있어요.
나는 엉망진창의 고철, 못 그리고 빈 통조림 캔 들로 이루어진
나의 산에서 세상을 내려다봤어요. 그리고 벚나무 가지 하나를
부러뜨렸어요. 그 나뭇가지가 내 검이 되었죠. 나는 거기에 서
있었어요. 나는 세상에서 가장 무시무시한 전사예요. 나를 여기
서 쫓아내봐요. 어떻게 되는지! 나는 검을 들어 하늘을 쓸고, 크
게 몇 번 휘저어 허공을 갈랐어요. 바람 속에서 검을 마구 휘돌
렸어요. 진짜 햇살이 여러분을 꿰뚫을 거예요. 와서 나에게 도
전해봐요. 난 누구하고든 싸울 준비가 되었으니까. 오, 전속력

으로 달려오는 악의 병사들이여, 그대들은 내 칼날 맛을 보게 될 것이다.

무슨 일이 일어났느냐고요? 감전될 때와 비슷했어요. 있을 수 없는 일이죠. 불충한 자들이 뒤에서 나를 붙잡았어요. 나는 타격을 입었죠. 아야! 말로 표현 못할 고통이 다리를 타고 올라왔어요.

못 하나가 내 플라스틱 장화를 뚫고 들어와 발에 박혀버린 거예요. 나는 넘어져 바닥으로 굴렀어요. 죽을 듯이 울부짖다가 나무 검을 놓쳤죠. 아래로 굴러 떨어지면서 멈추려고 애쓰다가 새끼손가락이 녹슨 금속 상자 뚜껑에 쓸렸어요. 또다시 비명을 질렀죠. 심하게 버둥거리는 내 모습을 알도 형과 지나 누나가 보고, 어찌 된 일인지도 잘 모른 채 눈이 휘둥그레졌어요. 형과 누나가 겁에 질려 나에게 달려왔어요.

엄마가 내 옆에 있었으면 했어요. 내 옆에, 지금 당장!

가족들이 나를 맞아주었어요. 꼬마 전사를 소파 위에 눕혔죠. 아빠가 장화를 벗기고 내 발을 뚫고 들어간 못을 뽑아내자, 상처 부위가 더 아팠어요. 비명이 터져나오고, 눈에서는 눈물이 흘러내렸죠. 손도 피투성이였어요. 생살이 드러난 내 몸 위에서, 산드라 누나, 알도 형 그리고 지나 누나가 소란 피우는 나의 모습을 조용히 지켜보고 있었어요. 형과 누나들의 눈에 깊은 염려의 빛이 보였어요. 이 사건은 생각보다 심각한 것인지도 몰라요. 나는 형과 누나들의 귀가 따가울 정도로 다시 한 번 비명을 질렀어요.

잘리베르 의사 선생님이 곧 도착했어요. 선생님은 내 손과 발을 흘낏 보았고, 심각했던 얼굴 표정이 이내 누그러졌어요. 선생님이 아빠를 안심시켰어요. 소독을 하고 주사를 놓아야 합니다. 파상풍을 막기 위해서죠. 선생님이 설명했어요. 파-상-풍? 그건 또 뭐지? 악마가 그런 이름을 가질 수도 있어요? 파상풍. 나한테 주사를 놓는다니 말도 안 돼요. 나는 빠져나가려고 팔로 아빠를 밀어내고 다리를 사방으로 마구 휘저었어요. 그러는 바람에 주위에 있던 사람들을 차례로 발로 걷어찼죠. 나 자신도 소스라쳐 놀랐지만 투쟁을 계속했어요. 모두가 비명을 질렀어요. 집안 전체가 비명의 아수라장이 되었죠. 나는 의자들을 밀치고 탁자 밑으로 기어들어갔어요. 한쪽에서 알도 형이, 다른 쪽에서는 아빠가 움직이지 못하도록 나를 붙잡았어요. 나는 단숨에 붙잡혀버렸고 아빠의 큼직한 손에 결박되었어요. 내가 반항한 시간은 겨우 2초 정도였죠. 의사 선생님이 나에게 주사를 놓았어요. 아무 느낌도 없었지만, 그렇다고 훌쩍거리는 걸 멈출 수는 없었죠. 이윽고 평온함이 찾아왔어요.

모두가 원망스러웠어요.

나중에 누군가가 나에게 막대사탕을 주었어요. 나는 그걸 받아들었어요. 난 죽지 않을 거예요, 엄마.

알렉은 나에게 친구 이상의 존재가 되었어요. 알렉의 가족도 나를 그 집의 다섯째 아이처럼 받아들여줬고요. 알렉의 형제처럼요. 그 집 아이들은 크리스토프, 베로니크, 세바스티앵, 알렉 그리고 나예요. 나는 그들이 사는 그 큰 집에 밤낮으로 자주 가요. 알렉의 엄마 옆에 바싹 붙어 있죠. 알렉의 엄마는 나를 좋아하고 내 삶에 대해서도 알기 때문에 나에게 많은 사랑을 줘요.

내가 자기 엄마에게 입 맞추고 껴안아도 알렉은 질투하지 않아요. 알렉의 아빠는 거리를 유지하고요. 그 아저씨는 까다로운 일을 하기 때문에 엄격하고 냉정해야 돼요. 아저씨의 일은 무기력하게 방황하는 청소년들, 가족도 없이 인생의 갓길에 내던져진 청소년들을 돌보는 거예요. 그 아저씨가 운영하는 기숙학교

47

는 일종의 소년원 같은 거고요. 아저씨는 갈등관계가 많은 그 일에 몰두해요. 저녁에 퇴근해서 집에 돌아올 때도 지름길로 오지 않죠. 머릿속은 항상 소년원의 문제들로 가득하고요. 그래서 집안 분위기가 딱딱했어요. 아저씨는 너무나 경직되어 있고, 가족들은 아저씨에게 아무 말도 해서는 안 돼요. 아저씨는 권위적인 아빠이고 그것은 무척 불공평해요. 알렉은 그런 식으로 사는 걸 마음속 깊이 혼란스러워했죠. 절망에 좀먹은 그애의 얼굴에서 그리고 또다른 비극이 엿보이는 그애의 눈에서 그걸 알 수 있었어요.

그 집 아이들은 모두 별명이 있어요. 크리스, 닌, 산드로, 라라죠! 알렉상드르는 산드로예요. 하지만 그애는 무엇보다 나의 알렉이죠. 엄마도 짐작하겠지만, 알렉과 나는 모든 것을 공유해요. 비밀, 비와 슬픔, 크고 작은 기쁨 들을요. 날씨가 좋으면, 그러니까 거의 늘, 우리는 자전거를 타고 마을 주위의 작은 길들을 빠르게 달려요. 접은 마분지 조각을 자전거 뒷바퀴의 흙받이에 고정해요. 그렇게 하고 달리면 그것들이 성이 나서 날뛰어 마치 오토바이 같은 소리가 나거든요. 마분지가 흙받이를 마구 두드리고, 우리는 부싯돌 위에 올라앉은 것처럼 흥분하죠. 알렉의 집을 빙 두른 널찍한 정원에서 축구도 해요.

우리는 그곳에 FCCC라는 이름을 붙였어요. '코트레 친구들 풋볼 클럽Football Club des Copains de Cauterets'의 약자예요. 검은 새 한 마리가 있는 문장紋章이 우리가 사용할 수 있는 유일한 문장이죠. 우리는 마르틴네 가게 '라 카라반'에서 그것을 조금 샀어요. 알렉의 엄마가 그것을 우리의 티셔츠에 꿰매어주었고요. 그런데 코트레가 뭐냐고요? 그게 어디에 있느냐고요? 그런 건 중요하지 않아요. 오직 우리만을 위한 축구 클럽이 있다는 것, 널찍한 정원과 그 한가운데에 진짜 축구 골대가 있다는 것이 중요하죠. 저녁이면 우리는 집 4층에서 작은 전기 자동차들을 갖고 놀아요. 크리스 형은 세상에서 가장 큰 전기 자동차 트랙을 갖고 있죠! 4층 전체만큼이나 큰 트랙이에요. 그리고 알렉의 방으로 말하자면, 정말 마법 같아요. 그 방에 비하면 내 방은 릴리퍼트 조너선 스위프트의 「걸리버 여행기」에 나오는, 평균 키가 15센티미터인 사람들이 사는 나라 사람의 방처럼 보여요. 거기서 우리는 밤에 별을 봐요. 여행을 하고, 하늘을 날아요. 우리의 삶은 아름다울 거예요. 우리는 죽지 않을 거예요.

알렉도 벽 하나를 온통 차지하는 옷장을 갖고 있어요. 대단한 옷장이죠. 그 안에 알렉의 옷들이 동그랗게 말린 채 들어 있어요. 알렉은 원할 때 아무렇게나 그 안을 뒤져요. 그리고 항상 새 스웨터나 바지를 찾아내죠. 나에게는 그런 옷이 없는데.

알렉은 나를 매혹시켜요. 지나 누나는 알렉이 가수 믹 재거를 닮았다고 말했어요.

확실히 알렉은 뭔가 다른 점이 있어요.

나도 다르고요!

우리는 알렉의 엄마가 마을의 모든 아이들을 대상으로 연 교리문답 강좌에 참석했어요. 모두들 너무나 진지했죠. 나는 하느님, 예수님, 그리고 함께 있는 친구들에게 아무 흥미가 없었어요. 내가 바라는 것은 알렉을 따라 하는 것, 모든 것을 알렉처럼 하는 것이었어요. 알렉은 나에게 무엇이든 요구할 수 있어요, 나는 전부 들어줄 거고요. 그 나머지 일은 중요하지 않아요.

이제 나는 집에서 거의 시간을 보내지 않아요. 우리집을 말하는 거예요. 그리고 아무도 그것에 대해 걱정하지 않았죠. 아빠는 계속 슬픔에 잠겨 있었어요. 밤낮으로요. 가끔 알도 형이 우리 방 창문에서 알렉의 집 쪽으로 나를 외쳐 불러요. 그러면 나는 땅이 보이는 까치집 속 감시인처럼 목소리를 한껏 높여 대답하죠. 무척 재미있어요. 우리 두 집 사이에서는 덩치 큰 흰 개 모글리가 빙글빙글 맴을 돌아요. 루셀 집안의 개죠. 미친 개예요. 우리와 함께 있으면 그 개는 더욱더 미쳐 날뛰어요. 형과 내가 서로를 외쳐 부르면, 자기 집 위에서 두 배는 더 크게 짖어대고요.

알렉에게 카롤 보베에 대해 이야기했어요. 그러는 동안 내 심장이 격하게 고동쳤어요. 알렉도 카롤을 눈여겨보고 있었어요. 알렉이 카롤을 괜찮게 생각하는 것은 좋지만, 좋아하는 건 싫었어요. 카롤이 나를 좋아했으면 싶었어요. 나를, 나만. 얼마 전에 새로 전학 온 아이 말고. 우리는 주말 몇 번을 알렉의 방에서 카롤 이야기만 하며 보냈어요. 그리고 이런 상상을 했어요. 우리가 영화를 만들면 어떨까 하는. 우리의 방식으로 예비 작업을 하는 거죠. 그러면 효과가 있을 거예요. 돌아오는 월요일을 위한 준비가 된 셈이고, 우리는 학교에서 영웅이 될 거예요. 우리는 카롤의 마음을 사로잡을 거예요. 하지만 카롤은 나만 바라볼 거고요.

알렉이 옷장에서 내 것과 비슷한 파란 반바지를 꺼냈어요. 얇은 빨간색 셔츠도요. 사실 나는 항상 똑같은 옷을 입어요. 알렉은 나를 닮고 싶어했고, 우리는 어디서나 서로 비슷해야 했어요. 파란 반바지, 빨간 셔츠, 초록색 눈. 키만 다르죠. 알렉은 키가 무척 작고, 나는 다리가 허약해요. 큰 발은 말할 것도 없고요. 내 무릎에는 항상 생채기가 나 있어요. 럭비 시합을 하다 생긴 생채기죠. 럭비에서는 알렉이 딱 한 번 나에게 뒤졌어요….

우리는 넓은 정원에서 훈련을 해요. 옆으로 미끄러지는 동작을 자유자재로 해보려고 애쓰죠. 우리는 흙바닥에서 달리고, 상대를 저지하고, 미끄러져요. 우리가 럭비 동작을 마음먹은 대로 할 수 있게 되면 카롤이 보고 무척 놀랄 거예요.

나는 이제 우리 반 1등이 아니에요. 알렉상드르 졸리가 1등이죠.

알렉은 글씨를 참 잘 써요. 나는 참 못 쓰고요. 그래서 성적표 점수가 깎였어요. 나는 왼손잡이거든요. 그래도 신경 안 써요. 내 가장 친한 친구가 1등이니까요.

저녁이면 우리는 내 침대에서 무릎 위에 공책을 얹어놓고 숙제를 해요. 안 그럴 때도 있고요. 내가 알렉을 힘주어 꽉 끌어안을 때도 있어요. 뜨거운 불길을 느끼기 위해, 거의 질식할 정도로 힘주어 끌어안죠. 그럴 때의 느낌이 너무 좋아요.

얼마 전부터 어떤 아주머니가 우리집 일을 도와주고 있어요. 그 아주머니의 이름은 릴리예요. 릴리 아주머니는 키가 크죠. 그리고 항상 웃어요. 릴리 아주머니는 우리 마을에 한 명뿐인 흑인이에요. 학교가 끝나면 알렉이 우리집으로 간식을 먹으러 와요. 릴리 아주머니가 밀크 초콜릿이 담긴 그릇 두 개를 친절하게 우리에게 갖다줘요. 알렉이 내 눈을 똑바로 바라보며 자기 그릇에 설탕 하나를 넣어요. 나도 알렉을 따라 해요. 알렉이 설탕 하나를 더 넣어요. 나도 똑같이 해요. 알렉이 빙긋이 웃어요. 그러고는 한 번에 설탕 열 개를 넣어요! 나도 그렇게 해요. 그릇이 설탕으로 가득차요. 우리는 눈 한번 깜빡하지 않고, 서로에게서 눈을 떼지 않고 그걸 마셔요. 릴리 아주머니가 그런 우리를 보고 깔깔 웃어요. 하지만 릴리 아주머니는 우리집에 오래 있지 않았어요. 얼마 안 가 우리의 바보 같은 짓거리에 지쳐버렸거든요. 완전히 기진맥진해서, 우리 '고추'를 가위로 잘라버리겠다고 위협하기까지 했어요. 아빠는 그 이야기를 듣고 질겁해서 릴리 아주머니에게 이제 그만 와도 된다고 정중히 부탁했어요. 다시 우리 가족만 남았어요. 처음 상태로 되돌아간 거죠. 산드라 누나와 아를레트 아주머니가 흘러내려가는 우리의 배를 최대한 구조하려고 애썼어요.

　엄마 없이 자기들끼리 집안에 남겨진 아이들은 언제나 골칫거리죠.

　난 상관없어요. 어차피 이곳은 더이상 내 집이 아니니까요.

엄마가 떠난 지 석 달이 되었네요. 엄마의 빈자리가 점점 더 실감 나요. 지금 가족들이 전부 모여 있어요. 떠나기 전 엄마는 우리가 세례를 받길 바랐죠. 엄마는 무엇보다 그걸 원했어요. 그것이 엄마가 아빠에게 말한 마지막 소원이었어요. 아빠는 엄마가 약하다고 여기던 알도 형에게 주의를 기울여요.

나는 형 그리고 누나들과 함께 하얀 교회 가운을 입고 예수님, 하느님 아버지 그리고 죽은 뒤의 세상 이야기를 듣고 있어요. 천국 이야기도 잊으면 안 되죠. 난 관심 없지만요.

우리는 각자 손에 촛대를 들고 있어요. 나는 내 손에 들린 촛대를 응시해요. 불꽃이 춤을 추네요. 이상하게도 엄마가 나를 보고 있는 기분이 들어요. 이젠 확신할 수 있어요. 엄마가 나에게 미소짓고 있어요. 엄마가 지금 이 성소聖所에서 일어나고 있는 모든 일을 사랑하는 사람들과 함께 기뻐한다는 걸 마음속 깊이 느낄 수 있어요. 그러니 어떻게 미소짓지 않을 수 있겠어요?

세례식이 벌써 끝나가네요. 우리는 성모 마리아가 새겨진 작은 메달을 받았어요. 아빠가 와서 우리를 안아주었죠. 아빠에게 남은 건 우리뿐이에요. 사람들이 가득한 작은 교회 안에서 모두들 눈물을 흘렸어요. 우리와 가까운 사람들 그리고 엄마의 물건들을 모두 불태워버린 사람들이 슬픈 표정으로 우리를 둘러쌌어요. 하느님께 용서를 구한 신부님의 말을 내가 전혀 듣지 않았다면 날 용서해주세요. 그리고 부디 모든 것을 불쌍히 여겨주세요. 하지만 엄마, 엄마는 여기에 있었어요. 난 그걸 알아요. 우린 죽지 않을 거예요.

또 교회예요. 이번에는 마리오 삼촌의 결혼식 때문이에요. 왜 이렇게 요란하게 식을 올리고 잔치를 벌여야 하는 걸까요? 안심하려고? 잊으려고? 엄마를 잊으려고? 내 생명은 엄마 곁에 있어요. 영원히.

난 이 결혼식을 위해 말쑥하게 차려입었어요. 빨간 셔츠에 근질거리는 회색 바지를 입었죠. 그리고 내 발에 비해 너무 큰 밤색 구두를 신었어요. 사람들이 내 구두만 봐요.

사람들은 즐거운 척해요. 그들의 걸걸한 겉웃음 소리를 들으며 그런 생각이 들었어요. 밤이 깊어갈 즈음, 연회장은 폐허의

벌판이 되었어요. 테이블 위에 피에스몽테프랑스에서 결혼식이나 성찬식 때 먹는 음식. 케이크나 빵을 위로 높이 쌓아올린 모양 몇 조각이 남아 있었지만, 다시 붙여놓은 모양새가 보기 흉해서 먹고 싶은 마음이 전혀 들지 않았죠. 술병들도 차례로 비워졌어요. 아빠는 술을 많이 마시고 허공을 응시하고 있어요. 나는 아빠의 품으로 뛰어들었죠. 아빠가 남몰래 나에게 입김을 불었어요. 난 그게 참 좋아요, 아빠도 그걸 알고요. 아빠의 입김 아래 있으니 따뜻해요. 지나 누나가 우리 옆에 와서 앉았어요. 더이상 춤을 안 추고요. 그리고 조금 있으니, 알도 형과 산드라 누나도 왔어요. 다 함께 있으니 좋아요. 이제 아무도 우리를 귀찮게 하지 않아요. 우리 앞에 펼쳐진 광경이 꼭 영화 같아요. 우리는 이 기묘한 밤의 시간 속에서 즐거워하는, 혹은 즐거운 척하는 사람들을 바라봐요. 아빠가 우리에게 엄마는 미스 베르네레뱅이었다고 이야기해요. 그 선발대회가 카지노의 무도회장에서 열렸다고, 모두들 엄마만 쳐다봤다고. 아빠는 정말이라고 맹세했어요! "너희의 엄마, 나의 미레유는 마을에서 가장 아름다운 여인이었단다."

며칠 전부터 배가 아파요. 항상 같은 곳이에요, 아랫배요. 솔직히 말하면 오늘은 진짜 너무나 아팠어요. 의사 선생님이 나를 살펴보러 왔어요. 학교는 빼먹었고, 예상했던 것처럼 알렉을 보지 못했어요—알렉이 어찌나 보고 싶던지! 아마 알렉은 카롤의 손을 잡았을 거예요. 알렉이 미끄러졌을 거고, 카롤이 알렉을 일으켜줬을 거예요…. 배가 너무 아파서 몸이 마구 비틀리는 것 같아요. 의사 선생님이 선고를 내렸어요. 충수염이라고. 많이 아픈 병들은 이름도 참 흉해요.

늦지 않게 가야 했어요.
아빠가 페르피냥의 병원으로 나를 데려갔어요. 긴 여정이었죠.
아빠는 걱정했어요. 나도 자동차 뒷좌석에 누워서 가는 동안 혹시 내가 죽지는 않을지 궁금했죠.
장 피에르 비니가 자기 아빠와 함께 카스테유의 집으로 우리를 보러 온 오후가 떠올랐어요. 그 한여름 날, 엄마는 뜨거운 햇볕이 내리쬐는 정원에 바람을 불어넣는 비닐 풀장을 설치해놓았죠. 나는 하루종일 그 안에서 첨벙거렸어요. 물이 따뜻하고, 기분 좋고, 부드러웠어요. 심지어 그 안에 쉬까지 했다니까요! 엄마는 마치 학교에서처럼 나를 감독했죠. 엄마와 나 둘뿐이라는 것만 빼고. 엄마는 나 혼자만의 것이니까요. 장 피에르 비니는 많이 아팠고 입술이 거의 보랏빛이었어요. 사람들이 그걸 나에게 알려주었죠. 하지만 여름날의 햇볕 아래에서는 그것이 그렇게 잘 보이지 않았어요. 게다가 여름에는 사람이 죽지 않잖아요. 그애 아버지가 그애의 손을 꼭 잡고 있었어요. 엄마가 그애에게 나와 함께 놀고 싶으냐고 묻자, 그애의 얼굴이 환하게 밝아졌어요.

그애는 물놀이를 몹시 하고 싶어했어요. 자기 아빠 뒤에 수줍게 숨어 있던 그애가 활짝 웃으며 옷을 벗고 비닐 풀장으로 다가왔어요. 그리고 풀장의 둥근 가장자리 너머로 한쪽 다리를 내밀었어요. 나는 "안 돼! 안 돼!"라고 소리쳤어요. 엄마도 기억할 거예요. 내가 목청이 터져라 고함을 질렀으니까요. 그런 다음 가차 없이 그애를 밀어냈죠. 그애가 비틀거렸어요. 그러더니 울음을 터뜨리고는 나를 쳐다보며 애원했어요. 엄마가 나를 꾸짖었고, 그애 아빠는 괜찮다고 말했어요…. 두 사람은 얼마 안 있어 떠났죠. 장 피에르는 흐느껴 울었고, 그애 아빠는 너무나 슬퍼 보였어요. 장 피에르 비니는 그로부터 한 달 뒤에 죽었어요. 혈액병이었죠. 한여름에요.

병원 응급수술실에 왔어요. 초록색 마스크에 초록색 모자를 쓰고 초록색 가운을 입은 사람들이 내 주위에서 바쁘게 움직여요. 사람들은 나를 이동용 침대에 눕혀 이리로 데려왔어요. 아빠가 나에게 입맞춤을 했어요. 아빠는 더이상 나를 따라올 수 없어요. 이동식 침대에 누워 복도를 지나가는데, 천장에 조그만 하얀 불빛 여러 개가 줄지어 있는 것이 보였어요. 사람들이 나에게 마스크를 씌워 숨막히게 했어요. 마스크에서 알 수 없는 이상한 냄새가 났고, 그다음은 잘 모르겠어요….

나는 벽이 하얀 방에서 깨어났어요.

적어도 천 일 동안 잠을 잔 것 같았죠. 자는 동안 꾼 꿈이 정확

히 기억났어요. 내 조그만 하얀 자전거의 앞바퀴가 휘어 있고
뒷바퀴는 완전히 비틀려 있었어요. 아빠가 그 바퀴 두 개를 뽑
아냈죠. 혼자 일어서는 법을 배울 때가 된 거예요. 나는 시험해
보려고 뒷길로 갔어요. 경사가 가장 급한 길이죠. 하지만 불가
능한 일이었어요. 그 자전거는 아무것도 배우려 하지 않았죠.
나는 앞으로 나아갈 수가 없었어요. 위험을 두려워하는 말馬처
럼요. 그래서 누가 손가락을 뽑아내기라도 한 듯 울고, 눈물을
흘리고, 울부짖었어요. 그러자 아빠가 창가로 나와 고함을 질렀
어요. 그 모습이 마치 미쳐 날뛰는 짐승 같았죠. 엄마가 겁에 질
려 학교 운동장이 내다보이는 다른 창문에서 구조 요청을 보냈
어요. 곧 동네 전체가 절망의 외침 소리로 가득찼죠. 이웃들이
중얼거렸어요. "또 저 사람들이네…."

　나는 엄마를 찾고 있어요. 배가 아파요. 아까와는 다르게 아프
지만요. 이불을 가만히 들춰봤어요. 아랫배 전체에 큼직한 면포
가 붙어 있고, 면포가 주황색으로 물들어 있었어요. 면포 아래
의 피부가 무척 당겼고요. 아빠가 방으로 들어와 나에게 미소를
지었어요. 그러자 두려움이 모두 달아났죠. 페르피냥의 마귀에
이모가 나를 보러 들렀어요. 할아버지 할머니도 왔고요. 한마디
로 모두가 온 거죠! 모든 일이 잘 진행되었어요. 난 곧 퇴원해
집으로 돌아갈 거예요.

사실 나는 병원에서 잘 지내고 있어요. 병원 사람들이 항상 나를 돌봐줘요. 아쉬운 점이 딱 하나 있는데, 바로 알렉이에요. 그리고 엄마도요. 혼자가 되면 나는 곧바로 엄마를 생각해요.

알렉에게 배의 통증과 상처 치료에 대한 이야기를 전부 해줄 거예요. 반드시 그렇게 할 생각이에요.

엄마가 돌아가시고 다시 학교에 간 그날과 똑같을 거예요. 내가 학교에서 영웅이 된 날요. 카롤 보베는 나를 돌봐주고 싶어 할 거예요, 틀림없어요!

간호사 누나가 나를 살피러 왔어요. 간호사 누나가 내 넓적다리 안쪽을 부드럽게 만질 때 좀 성가셔요. 난 '그걸' 아무에게도 보여주지 않았어요. 요전 날 정원 깊숙한 곳에서 알렉에게 보여준 것만 빼고요. 우리는 파란 반바지를 동시에 내렸어요. 비교해보려고요. 거의 똑같았어요.

며칠이 지나갔어요. 낮과 밤들이요. 나는 여전히 하얀 방 안에 있어요. 하얀색은 봄, 다시 피는 꽃, 우리를 둘러싸는 온기와는 아무 관계가 없어요. 아무 상관이 없죠. 하얀색은 죽음의 색이니까요. 반면 삶의 색은 빨간색이 아닐까요?

나는 텔레비전을 보고 있어요.

난 곧바로 집으로 돌아가지 못할 거예요. 나에게 그걸 알려준 사람은 아빠예요. 수술한 자리가 감염됐대요. 상처가 곪았거나 아니면 뭔가가 맹렬하게 성이 났대요. 심지어 의사 선생님은 이렇게 말했어요. 빨리 말하기가 쉽지 않네요, 복막염이라고요. 그런데 복막염이 뭐예요? 파상풍하고 친구인가요? 어린애들을 악착스럽게 공격하는, 해골 표시가 있는 질병인가요? 눈물이 나요…. 내가 죽지 않을 거라고 확신을 못하겠어요. 엄마도 보고 있죠? 엄마가 우리 곁을 떠나간 후 나에게 일어난 모든 흉측한 일들을요.

사람들이 또 한 번 마스크를 씌워 나를 숨막히게 했고, 그다음은 아무것도 기억나지 않아요.

똑같은 간호사 누나가 매일 와서 내 배에서 면포를 떼어내고, 상처를 다시 치료해줘요. 나는 간호사 누나가 내 위에서 바삐 움직이는 모습을 불안한 마음으로 쳐다보죠. 간호사 누나는 노란색, 빨간색, 파란색의 온갖 약병들을 흔들어요. 내 상처에 뿌리려는 것처럼. 간호사 누나는 매일 내 다리 사이에 손을 얹어요. 그런 다음 나를 보고 빙긋이 웃죠. 매일요. 매일 나는 사람들이 이제 다 끝났다고 말해주길 기다리고요.

나는 한 달 동안 병원에 있었어요. 모든 것에서 멀리 떨어져 그 모든 부재의 한가운데에 있었죠. 마침내 집으로 돌아갈 수 있게 되었어요. 정말로요. 간호사 누나들이 날 안아주었어요. 그 누나들은 죽음을 면한 꼬마에게 애정을 품고 있었죠. 나는 열에 들뜬 걸음으로 자동차까지 걸어갔어요. 의사 선생님이 준 기묘한 기념품을 손에 들고요—내 뱃속에서 떼어낸 충수요.

그것은 립스틱만 한 튜브 안 핏속에 잠겨 있어요. 어디에 보관

할지도 벌써 생각해뒀죠. 죽은 사람, 아직 살아 있는 사람을 모두 포함해 우리 가족의 사진을 넣어두는, 거실 장식장 위 빨간 상자요.

나는 그 상자 안에서 항상 똑같은 사진을 찾아요. 엄마 아빠의 결혼 사진요. 그 사진에서 아빠 옆에 서 있는 엄마는 너무나 예뻐요. 아빠가 커다란 장부에 서명하는 모습도 보이죠. 엄마 아빠 앞에는 시장님이 등을 보이고 서 있고요. 그 빨간 상자 안에는 다른 사진도 있어요. 알도 형, 지나 누나 그리고 나, 우리 세 명의 사진요. 우리는 학교 운동장에 있어요. 알도 형은 똑바로 서 있고, 지나 누나는 토끼를 품에 안고 있어요. 나는 우리의 거북이를 들고 있고요.

빨간 상자 안에는 다른 사진들도 있어요. 교실 사진도 많죠. 교실 사진마다 엄마가 오른쪽 위편에 서 있어요. 마을 아이들 옆에요. 엄마는 언제까지나 마을 모든 아이들의 선생님일 거예요.

아빠가 스텔라 할머니 집에 나를 내려줬어요. 조금이든 많이든 내가 아프면 스텔라 할머니가 나를 돌봐주니까요. 나는 할머니 집에서 따뜻하게 지냈어요. 알도 형이 거기서 나를 맞아주었죠. 형은 나를 웃기려고 바보 같은 말들을 했어요. 그게 효과가 있었는지 잠깐 동안 내 입가가 환해졌지요. 바깥이 거의 어두워졌을 때 카즈 선생님이 나를 보러 왔어요. 카즈 선생님은 나에게 그저 학교 선생님일 뿐이죠. 선생님은 마지막처럼 나를 품에 안고 입을 맞추고는 다정한 말 몇 마디를 해주었어요. 학교에서라면 아무한테도 그러지 않을 텐데 말이에요. 이 이야기를 알렉에게 해줘야겠어요…. 카즈 선생님은 나를 안심시키고, 빼먹은 수업은 곧 따라잡을 수 있을 거라고 말했어요. 난 학교 생각은 하지 않았어요. 아직은요. 떠나기 전 선생님이 삶처럼 빨간 사탕 상자 하나를 나에게 선물로 주었어요.

나는 알도 형과 계속 깔깔거리며 웃었어요. 형은 항상 바보 같은 이야기를 해요. 참 놀랍죠. 내가 농담을 하면 늘 빗나가는데 말이에요. 생긴 지 얼마 안 된 수술 자국이 자꾸만 신경 쓰였어요.
숨이 막혔어요. 정말로 숨이 막혔어요. 딱딱한 사탕이 목구멍에 걸렸어요. 새끼 고양이가 빗물받이 홈통 깊숙이 웅크리고 숨은 것처럼, 공포가 살아남은 자 주위를 둘러쌌어요. 나는 팔을 마구 휘둘렀고, 어쩔 줄을 몰랐고, 숨을 쉬지 못했어요. 할머니가 울부짖었어요. 할아버지도 울부짖었어요. 알도 형은 겁에 질려 소파 뒤에 숨었고요. 나는 소란스러운 울부짖음 속에서 바닥에 나동그라졌어요. 할아버지가 나를 들어올렸어요. 머리가 밑으로 향했고, 내 몸은 살과 뼈로 이루어진 작은 자루처럼 힘없이 흔들렸어요. 죽음이 코앞에 와 있었어요. 의사 선생님이 쏜살같이 달려왔죠. 벌써 앰뷸런스를 불렀어요. 사람들이 죽어가는 나를 데려갔어요. 그래요, 나는 죽어가고 있어요. 시작됐어요, 나는 확실히 죽어가고 있어요. 저 위에 커다란 천장등이 돌아가네요. 거실의 천장등이 무척 흥분해서 돌고 또 돌고 있어요. 나의 마지막 태양. 흐릿한 빛이 방을 뒤덮었어요, 내 눈이… 안녕, 나의 삶이여. 천천히 소멸해가요. 이제 아무것도 없어요. 심지어 침묵조차. 아무것도.

나는 눈을 떴어요. 멀리서, 100톤은 나가는 대양으로부터, 빛도 온기도 없는 심연으로부터 단숨에 거슬러 올라왔죠. 나는 숨이 막혔고, 기침을 했어요. 잠깐 동안의 죽음은 생생했어요. 무척 생생했어요. 죽음이 내 주위에서 울고 있어요. 사탕은 이미 삼켜버렸어요.

오늘 저녁에 카탈루냐 춤의 리허설이 있었어요. 나는 가만히 있지 못하고 계속 움직였죠. 마을 아이들이 모두 모였어요. 알렉은 까다롭게 굴었어요. 사람들이 입으라고 하는 정장 입기를 거부했죠. 그애는 그 옷이 우스꽝스럽다고 생각했어요. 여자옷 같다고요. 카탈루냐 사람도 아닌 남자아이가 입을 옷은 더더욱 아니라고요. 하지만 알렉의 기분대로 할 수는 없었고, 알렉은 폭발했어요. 요전 카니발 날에는 정반대로 변장하는 걸 무척 좋아했으면서요. 그때 알렉은 집시 여자로 변장하고 싶어했죠! 알렉의 엄마 마리 조제 아주머니도 찬성했어요. 아주머니가 우리에게 무도회용 변장을 해주었죠. 우리는 몇 분 만에 바지와 티셔츠를 원피스로 바꿔 입고, 보석으로 치장하고, 화장을 진하게 해 집시 여자로 변신했어요. 그런 다음 카지노 홀 한가운데에 있는 해적들, 슈퍼맨, 공주들 무리 속에 도착했어요. 우리의 변장이 성공했다는 걸 즉시 알아차렸죠. 알렉은 세상에서 가장 사랑스러운 집시 여자였어요. 무척 귀여웠어요.

우리 마을에서는 여자아이들과 남자아이들이 함께 춤을 추죠. 산드라 누나, 알도 형, 지나 누나 그리고 나, 모두 머리에서 발끝까지 카탈루냐 춤을 위한 복장을 하고 즐거운 마음으로 리허설 장소에 갔어요. 처음에 우리는 선명한 빨간색의 카탈루냐 헝겊 모자 바레티나를 알렉의 머리에 씌웠고, 그다음에는 검은 줄무늬 바지를 입히고 빨간 펙사카탈루냐 전통 의상에서 허리에 벨트처럼 매는 기다란 천를 허리에 채웠어요. 하얀 셔츠와 검은 조끼도 잊지 않았죠. 그리고 발에는 장딴지 위쪽까지 끈으로 묶게 되어 있는 에스파드리유바닥은 삼베를 엮어서 만들고 발등 부분은 천으로 만든 가벼운 신발의 일종인 빨간색 비가타나를 신었어요.

리허설은 마을 연회장에서 열렸죠. 소방서 차고 위에 있는 소리가 잘 울리는 홀요. 고메즈 아저씨와 아저씨의 아내 자네트 아주머니가 춤 지도를 맡았어요. 나는 몸 움직이는 걸 좋아해요. 앞으로 돌진하고, 뛰어오르고, 흔들고, 떨고, 춤추는 걸 온몸으로 원해요! 그렇고말고요. 그래서 피날레에서 춤추는 아이로 뽑혔어요. 피날레 춤에서는 서로 마주보고 리듬에 맞춰 계속 움직이며 춤을 춰요. 그리고 진짜 마지막 순간에… 마주 선 아이와 입맞춤을 하죠. 가슴이 콩닥콩닥 뛰어요. 그 순간이 너무나 기대돼요.

엄마, 내 말 듣고 있어요? 내가 드디어 카롤 보베와 입맞춤을 할 거라고요! 알렉이 들으면 자기 귀를 의심할 거예요, 환각을 일으킬지도 모르죠!

자네트 아주머니가 홀 안에 서 있었어요. 키는 작지만 몸이 꼿꼿하고, 마음이 녹을 만큼 상냥한 분이죠. 나이 많은 형들, 어린 동생들 상관없이 마을 아이들이 모두 카탈루냐 옷차림을 하고 모인 것을 보니 가슴이 떨렸어요. 임시로 설치한 스피커가 첫 음악을 힘차게 내보냈어요. 나이 많은 형들은 벌써 사르다나카탈루냐 지역의 민속춤. 여러 명의 남녀가 손을 잡고 원을 그리며 춘다를 우아하게 추고 있었죠.

팡 팡 팡
팡 팡 팡

발끝을 바닥으로 향했어요. 두번째 춤이 시작되었죠. 춤추는 사람들의 팔이 위로 올라갔고, 그들의 자부심이 하늘을 쳐들었어요. 그들이 만든 원은 마치 한낮의 태양 같았어요. 동작들 하나하나 속에 여름이 요동쳤죠. 카탈루냐 민족의 우아함이 빛을 발했어요. 카탈루냐 전통음악이 찬가, 자유의 음악, 사랑을 외

치는 음악이 되었고요. 아직 리허설이지만요! 부모님들도 모두
와서 춤추는 아이들이 만든 원 주위에 자부심이라는 또다른 원
을 그렸죠.

그러나 아빠는 거기에 없었어요. 엄마도 없었고요.

곧 우리 어린아이들 차례예요. 우린 더이상 고메즈 아저씨가
깊은 저음의 목소리로 우릴 안심시켜주길 기대할 수 없어요. 나
역시 이곳에 서 있지만 감히 두 눈으로 카롤 보베의 눈을 들여
다보지 못하고요. 방금 전 멋진 원피스 차림의 카롤을 본 이후,
나는 수줍어서 입술을 잘근잘근 깨물고 있어요. 그애 엄마가 딸
의 옷차림을 마지막으로 점검해주려고 옆에 와 있어요. 카롤이
머리에 쓴 나풀거리는 하얀 레이스 모자는 마치 약혼식 때 쓰는
구름처럼 섬세한 왕관 같아요. 나는 가능한 한 눈을 낮게 내리
깔고 서 있었죠. 어떻게 해야 할지 몰라 벌벌 떨었어요. 마치 꿈
속 같았죠. 하지만 나는 시간을 늦추는 법을 알지 못해요….

드디어 우리 차례예요! 남자아이들이 일렬종대로 나와 각자
의 파트너 앞에 차례로 자리를 잡았어요. 우리는 양손을 허리에
짚고 공들여 춤동작을 이어갔죠. 우리가 추는 춤은 사랑하는 연
인의 환심을 사려는 궁중무용이에요. 우리는 한마디도 하지 않
고 입술을 꼭 다물었어요. 눈에서 희미한 광채가 번득였죠. 말
은 하지 않았지만 음악이 모든 걸 말해줬어요. 남자아이들이 파

트너 주위를 돌았어요. 내 눈길이 카롤 보베의 눈길과 마주쳤어
요. 카롤이 나를 향해 빙긋이 웃었어요. 정말이지 꿈속에 있는
것 같았죠.

음악은 우리를 낚아채고, 조이고, 서로에게 더 가깝게 만들어
주었어. 사랑하는 너와 점점 더 가깝게 만들어주는 올가미 같았
어. 우리는 손을 맞잡았지. 나는 너의 하얗고 조그만 손을 내 손
가락 끝으로 돌렸어. 그 순간 너의 부드러운 손과 손가락들은
내 것이 되었어. 나는 너의 손을 붙잡고, 그것에 매달렸어. 너의
손이 한 줌의 순금처럼 내 손안에 쏟아졌어. 너의 손을 잡는 것
은 내가 오래전부터 바라온 일이었지. 사랑하는 너의 손을 조심
스레 잡고 마을 위쪽으로, 숲으로 데려가고 싶었어. 너를 데려
가고, 너를 지켜주고, 나만의 것으로 삼고 싶었어. 너와 함께 걷
고 싶었어. 카롤. 우리의 맨발을 가을 낙엽 위에 살포시 얹고 연
인들의 동굴까지 걸어가고 싶었어. 내내 아무 말 없이 걷고 싶
었어. 마을 사람들이 가까이에서 수런거리는 소리를 듣고 싶었
어. 너의 머리칼을 쓰다듬고, 눈물을 흘리고 싶었어. 그런 행복
을 우리에게 허락해준 삶에 고마워하며 눈물 흘리고 싶었어. 더
도 덜도 말고. 그래, 가을의 흔적 속에서 조용히, 천천히 눈물을
흘리고 싶었어. 우리를 기다리는 긴 삶, 아름다운 삶, 새로운 삶
앞에서 오랫동안 눈물 흘리고 싶었어. 물론 우린 아직 어린아이
들이지. 우리의 배腹는 그 대홍수를 담아내기엔 너무 좁아.

오직 아이들만 사랑할 줄 알아요.

오직 아이들만 멀리서 우리를 태워버리려고 천천히, 부드럽게 다가오는 사랑을 감지해요.

오직 아이들만 사랑이 떠나갈 때 외로움의 깊은 절망을 끌어안아요.

오직 아이들만 죽을 만큼 사랑해요.

오직 아이들만 숨쉴 때마다 온 마음을 걸어요.

아이의 마음은 시시각각 폭발해요.

음악이 티블레카탈루냐의 전통 목관악기의 날카로운 소리 속에 상륙해 풍성하게 울려퍼졌어요. 마지막 음표들이 마치 색종이 조각처럼 홀 안에 흩날렸어요. 이윽고 말 탄 기사가 바닥에 내려서듯 리듬이 활기를 잃고 확연히 느려졌어요. 그것이 신호였죠.

이제 내 주위에는 아무것도 없었어요. 춤을 추는 내 또래 아이들도, 부모님들도 보이지 않았죠. 더이상 그들 중 아무도 감지할 수 없었어요. 어린 동생들도, 나이 많은 형들도, 아무도. 나는 오래전부터 무호흡 상태였어요. 내 앞에서 펼쳐지는 멋진 일만 감지할 수 있었죠.

빗질하듯 깃털을 어루만지는 사랑의 손가락들이 내 존재 깊숙이 느껴졌어요.

나는 한쪽 무릎을 꿇었어요. 말 그대로 비유적 의미에서. 그리고 위쪽을 확인했어요…. 카롤의 눈은 여전히 그곳에 있었어요. 나를 떠나지 않을 준비를 하고. 나는 모든 슬픔이 사라진 자리로 카롤을 이끌었어요. 연인들을 맞아들이기 위해 사랑이 선택해둔 자리죠. 카롤은 내게서 눈을 떼지 않았고—카롤은 결코 내게서 눈을 떼지 않을 거예요. 그건 혼자 죽는 경우를 빼고는 아무런 도움이 되지 않을 테니까요—. 자기 차례가 되자 한쪽 무릎을 바닥에 댔어요. 맹세하는데, 삶이라고 불리는 그 노출된 배腹 위에는 우리 둘뿐이었어요.

  도망치자, 내 사랑. 네가 원하는 곳으로. 마음만 먹으면 넌 내 눈을 멀게 할 수도 있어. 나는 이미 가장 아름다운 것을 보았으니까.
  벌써 우리의 얼굴이 가까워지고 있어. 우리의 얼굴이 서로를 향해 자석처럼 끌려가고 있어. 음악이 가까스로 흘러나오네. 나는 너를 위해 태어났고 너의 것이야. 네가 나를 받아들이도록, 너의 존재가 나를 온통 뒤덮도록 엄마가 내게서 떠나셨나봐. 이제 가자, 가자.
  우리의 뺨이 서로 스쳤어. 내 방 창문 밑에 멋진 첫눈이 내렸어.

  오늘 밤 눈이 내리네
  눈은 무척 고운 금가루 같아
  내일은 학교 수업이 없을 거야

오직 아이들만 사랑할 줄 알아

난 널 붙잡을 거야

우리는 몸을 포근히 감싸고

첫눈 위를 걸을 거야

오직 아이들만 사랑할 줄 알아

우리는 손을 잡고 걸을 거야

숲으로 걸어갈 거야

내 장갑이 너의 모직 장갑 위에 얹힐 거고

우리는 입김을 내뿜을 거야

우리는 이야기를 나누지 않을 거야

눈이 우리의 발밑에서 뽀드득 소리를 낼 거야

너의 분홍빛 뺨과 차가운 입술

오직 아이들만 사랑할 줄 알아

너를 너무 세게 끌어안아서

내 뱃속이 불타듯 뜨거워질 거야

저 위의 마을은

잠든 노부인이야

삶이 우리를 영원히 잊어주면 좋겠어. 아무도 알지 못하는 곳,
사랑 때문에 배가 찢겨 행복하게 죽는 곳에서 우리가 방황하도록.

음악이 사그라지는 동안 나는 너의 다른 쪽 뺨으로 미끄러졌
어. 난 큰 소리로 외치고 싶어. 위협을 전부 깨뜨리기 위해 외치

고 싶어. 가지 마, 제발. 이 끝 모를 시간이 너무나 달콤해. 다시 한 번 부탁할게. 그래, 삶의 이 아름다움을 다시 한 번 부탁할게. 아, 누가 내 심장을 뽑아내는 기분이야.

　오늘 저녁 카롤 보베의 입술이 내 입술 언저리에 닿았어요. 진짜예요. 아, 그애의 입술 언저리가요. 하지만 그 상태로 계속 있지는 못했죠. 숨이 가빴거든요. 난 그 순간으로 돌아갈 거예요. 정말이에요. 맹세해요. 나는 높은 산에서, 유년기의 에베레스트에서 다시 내려왔어요. 눈이 쓰려요. 내가 이렇게 행복해도 될까요?

모든 것이 예전과는 달라질 거예요. 그런 거죠. 우리는 현기증 나는 순간을 경험했어요. 엄마도 나만큼이나 그걸 잘 알 거예요.

이제부터는 다른 사람들과 함께 삶을 발맞춰나갈 거예요. 사람들이 점차 우리 삶 주위에 그들의 삶을 쌓아나갈 거예요.

다음날 내가 의기양양하게 등교했을 때, 너는 나를 보지 않았지. 나는 알렉에게 아무것도 감추지 않았어. 그 현기증 나던 순간에 대해 이야기했지. 모든 것을 이야기했어. 알렉은 나를 원망하지 않았어. 적어도 난 그렇다고 믿었고 그러길 바랐어. 알렉이 어떻게 질투를 하겠어? 그애는 나의 가장 친한 친구인데.

지금 나는 기다리고 있어. 저 위로부터, 나의 승리로부터, 나의 올림푸스 산으로부터 그것을 기다리기만 하면 돼. 계절이 다시 돌아오듯 무도회 날이 다시 돌아오기를, 또다시 그 일이 일어나기를 기다리면 돼. 다음번에는 진짜 무용수들, 열광적인 관객들과 함께할 거야. 우리 사랑이 봄날처럼 피어나는 것을 주위의 모든 사람이 두 눈으로 목격할 거야.

쉬는 시간에도 여전히 너는 눈길 한번 주지 않았지. 계속 날 무시했어. 이상했지. 난 슬퍼하지 않으려고 했지만 그럴 수가 없었어. 나는 너에게서 작은 것을, 한 번의 미소만을 구걸할 뿐인데. 아니, 아무것도 아니야. 얼음이 내 몸을 덮쳤어. 난 추위에 갇혀버린 느낌이었지. 아무것도 아니야. 나는 한마디도 하지 않고 알렉을 얼싸안았어. 알렉은 모든 걸 이해하고 운동장 깊숙한 곳 화장실 옆 플라타너스 뒤에서 날 위로해주었지.

나는 알렉을 힘주어 끌어안았어요. 알렉은 내게서 빠져나가지 않았죠. 그애의 두 팔은 자유로웠지만, 그 두 팔로 나를 껴안지는 않았어요. 자신의 조그만 몸을 내 몸에 붙이고 가만히 있을 뿐이었어요. 이야기를 나눌 필요도 없었죠. 알렉은 안으로 상처 입은 내 삶을 느끼고 있었어요. 난 바람처럼 넓은 그애의 품에서 울고 싶었죠. 가장 친한 친구의 품안에서 울고 싶었어요.

당황스러운 슬픔의 날, 비굴하고 잔인한 날이었어요. 수업이 끝났지만 나는 알렉과 헤어지지 못했죠. 나는 버림받았고, 더이상 영웅이 아니었어요. 나는 알렉의 집으로 내 패배를 질질 끌고 갔어요.

알렉의 엄마가 집에 있었어요. 아주머니는 비탄에 잠긴 나의 어둠 한가운데에서 환하게 빛났어요. 아주머니의 눈에서 행복을 읽을 수 있었어요. 아주머니의 아들 산드로가 괜찮은 친구 덕분에 외로움에서 벗어났으니까요.

그날 밤 나는 그 집에서 잤어요. 마리 조제 아주머니는 알렉 옆에 내 잠자리를 마련해주었죠. 불을 끄자 어둠이 펼쳐졌어요. 나는 침대 시트 밑으로 살그머니 기어들어갔죠. 내 친구는 몹시 즐거워했어요. 내가 바라는 건 그것뿐이었어요. 우리는 웃었어요. 그 웃음이 주눅든 내 몸속으로 샘물처럼 뻗어나가 나를 달래주었어요. 나는 카롤에 대해, 그리고 알렉의 아버지에 대해 이야기했어요. 알렉이 얼마나 아버지를 사랑하고 싶어하는지, 그토록 엄격하고 엄마와는 정반대의 성격을 가진 아버지, 문제 많은 학생에게 벌을 내리듯 자기 아이들에게 벌을 내리는 아버지를 사랑하는 것이 얼마나 힘든 일인지를. 알렉은 그것 때문에 몹시 힘들어했어요. 알렉의 고통이 내게도 느껴졌죠. 나도 알렉과 함께 아파했어요. 알렉의 개 이고르가 다가와 우리 침대 발치에 엎드렸어요. 이고르는 제 주둥이에 앞발을 얹고, 후광처럼 둘러싼 긴 털로 어둠 속에 그림자를 그려냈죠. 이고르의 긴 털은 마치 실크처럼 부드러웠어요. 이고르, 우리의 동물 친구, 내 가장 친한 친구의 또다른 가장 친한 친구. 잠이 우리를 덮쳐오기

전에, 알렉이 나에게 약속했어요. 우리는 죽음을 겪지 말자고.
알렉이 나에게 맹세했어요. 죽음은 제 갈 길을 계속 갈 거라고.
우린 절대 죽지 않을 거라고. 절대로. 정말이에요, 맹세해요.

엄마의 장례식이 매일 조금씩 더 멀어져가요. 내가 느끼는 것, 내가 괴로워하는 것은 차곡차곡 쌓인 요즘의 나날들이 서로 미끄러져 빠져나간다는 거예요. 각각의 날이 앞선 날들을 지워버려요. 하지만 난 모든 것을 정확히 식별할 수 있어요. 나는 여전히 이 겉창들 뒤에 숨어 내가 평생 장례 행렬을 지켜보며 지낼지 궁금해하고 있어요.

날들이 길게 이어지고, 해가 좀더 길어졌어요. 밤은 그물을 늦추었고요. 좀더 늦은 시간까지 길에서 놀 수 있게 되었죠. 길에 있으면 양팔을 벌리고 다가오는 봄 냄새가 나요. 사물이 빛을 향해 열리며 새로이 태어나는 냄새가 나요.

내 놀이터는 에콜 로예요. 거기서 축구와 럭비를 하죠. 그 길 한쪽 끄트머리에 내가 알렉을 찾기 위해 하루에 천 번은 올라가는 돌계단이 있어요. 거기에는 전기가 흐르는 높은 첨탑도 있어요. 그 첨탑이 계단과 함께 훌륭한 럭비 골대 역할을 하죠.

파란 플라스틱 볼링핀을 럭비공처럼 가지고 놀면서 몇 시간을 보내요. 그 공이 하늘로 올라가 전깃줄 사이를 지나가요. 그때마다 나는 두 팔을 높이 쳐들어요. 그럴 때 나는 더이상 나 자신이 아니죠. 아니면 더욱더 나 자신일까요. 나는 장 피에르 로뫼Jean Pierre Romeu(1948~), 프랑스의 유명 럭비 선수이고, 마지막 순간 무척 흥분한 관중의 환호를 받으며 프랑스 팀에 승리를 안겨줬어요.

장 피에르 리브와 그애의 누나 파트리샤는 우리집 맞은편 광장 너머에 살아요. 장 피에르가 나를 바보 같은 짓거리에 끌어들였죠. 알렉처럼 그애를 따라간다는 건 말도 안 될 일이었어요. 그애는 나를 세상 끝까지 데려갈 테니까요. 축구 시합 말이에요. 학교 건물 왼쪽의 차고가 골대 역할을 했어요. 장 피에르가 미사일을 쏘듯 슛을 날렸죠. 평소처럼 그애는 차고 오른쪽 위의 유리 천창을 깨뜨렸어요. 우리는 평소처럼 인디언 비명 소리를 내며 도망쳤고요.

우리는 땀에 젖어 가쁜 숨을 헐떡거리며 광장 뒤 계단 밑으로 피신했어요. 아무도 우리를 보지 못했죠. 호흡이 엉망진창이 되었어요. 장 피에르가 집에서 훔쳐온 성냥을 주머니에서 꺼냈어요. 그러더니 얼굴 한번 찌푸리지 않고 땅에 떨어져 있는 담배 꽁초를 주워 입에 물고 불을 붙였어요. 그걸 한 모금 빨아들인 뒤, 나에게도 빨아보라고 권했죠. 하지만 난 그걸 맛보고 싶은 마음이 전혀 없었어요.

그건 장 피에르 리브가 새로 생각해낸 바보짓이었어요. 골치 아픈 짓이죠. 그런 뒤 그애는 우편함에 쉬하고 싶어했어요. 장 피에르는 말을 많이 더듬어요. 그래서 어떨 땐 그애가 말-을 빨리 마치-도록 도와-주고 싶어요.

밤이 어둠의 넓은 베일과 함께 잠에서 깨어났어요. 밤은 손가락 끝으로 사물들을 건드려 고요하게 만들죠. 나는 우리의 슬픈 집으로 돌아왔어요. 그러기 싫지만, 그래야만 하니까요, 엄마. 엄마의 체크무늬 원피스에 코를 대고 숨을 들이마시고 싶어요. 그들은 엄마의 그 봄 원피스마저 태워버렸어요. 엄마의 물건들 중 나에게 무엇이 남았을까요? 오직 사진 한 장이에요. 사진 속 엄마는 학교 계단 앞에서 미소짓고 있어요. 그 사진 속에서 엄마의 머리카락은 엄마 것이 아니에요. 엄마는 이상한 적갈색 가발을 쓰고 있어요. 그 머리카락이 가짜라는 걸 잘 알 수 있죠. 엄마는 연필로 눈썹도 그렸어요. 이 사진이 나에게 남아 있네요. 나는 집으로 돌아가 침대에 몸을 던지고 이불 밑에 얼굴을 묻었어요. 그리고 오랫동안, 너무나 오랫동안 울었어요. 눈이 눈물로 가득 찼어요, 눈물로 흥건해졌어요. 눈물을 비워내고 싶어요. 하지만 자꾸만 다시 눈물이 차올라요.

돌아가시기 전 퇴원해서 집에 왔을 때, 엄마는 이미 예전 같지 않았죠. 의사 선생님들이 엄마의 병을 고쳐주려고 노력했어요. 그래서 엄마의 몸속을 불태웠던 거예요. 엄마는 너무 오래전에 떠났어요. 나는 얼마 전에야 무슨 일이 일어난 건지 깨달았고요. 내 안에는 이 질문이 맴돌아요. 왜? 이 질문이 침묵의 벽에 자꾸만 부딪쳐요. 이 질문이 출구를 찾아요. 무엇이든 좋으니 대답 한마디를 찾아요. 그리고 끊임없이 울부짖어요. 왜? 왜?

엄마는 돌아왔어요. 영원히 떠나기 위해.

그래도 나는 이 슬픔 속에 깊이 빠져들고 싶어요. 슬픔이 나무가 되어 내 안에 뿌리를 내리고, 고통으로 나를 굳게 해요. 내 가지에, 내 나무줄기에, 주위의 풀에 눈물이 어려 있어요. 왜 나는 더 많이 울지 못할까요? 아, 어떤 날에는 내가 너무 메마른 몸을 가진 것 같고, 고통이 머리에서 발끝까지 나를 후려치는 것이 느껴지질 않아요. 내가 더 잘 울지 못하는 걸 용서해주세요. 엄마가 완전히 떠나지 않았기 때문일까요? 아직? 엄마가 내 곁에 있기를 바라지만 그럴 때 엄마는 내 곁에 없어요. 엄마는 낮의 그늘 속에 잠겨 있고, 나는 엄마와 함께할 수가 없어요. 죽음은 존재하지 않아요. 그렇죠, 엄마? 죽음은 존재하지 않죠?

아빠가 내 이마에 손을 얹었어요. 나는 눈을 감고 있었죠. 아빠가 그렇게 만져주는 게 난 좋아요. 아빠의 큼직한 손가락들 아래에서 안전해진 느낌이에요. 아빠는 내가 옷 벗는 것을 도와 주었어요. 내 신발을 벗기고, 바지춤을 천천히 끄르고, 끌어내 려주었어요. 아빠의 온기가 아주 가까이서 느껴져, 벌써부터 잠 이 오는 것 같았죠. 아빠가 나를 침대에 눕히고 내 머리칼 너머 로 입맞춤을 해주었어요. 그리고 지금 아빠는 울고 있어요. 몰래 울고 있어요. 소리가 들려서 알 수 있어요. 아빠가 내 위에서 죽 어가며 우는 소리가 들려요. 울지 마요, 아빠, 나의 사랑하는 아 빠. 그러면 안 돼요. 난 아빠를 너무나 돕고 싶어요. 아빠가 나를 보호해주는 것처럼 보호해주고 싶어요. 겨우 여섯 살이지만요.

나의 집은 세 곳이에요. 우리집, 스텔라 할머니 집, 알렉네 집. 각각의 집마다 각기 다른 손잡이가 있죠.

첫번째 집에는 잘 안 머물러요. 아직 어둠의 냄새가 많이 나거든요. 알도 형은 웃음이 없어졌어요. 삶의 온기를 지닌 뭔가가 일주 여행을 떠난 것처럼. 저녁이면 우리는 거실 탁자 앞에 앉아, 부족하지만 마음을 다해 식사를 해요. 때때로 우리가 알지 못하던 깊은 침묵이 불청객처럼 자리를 잡아요. 산드라 누나가 말없이 모두의 사기를 북돋워주죠. 누나의 어린 두 팔로 우리를 품어줘요. 누나는 우리를 지키느라 늦게 잠자리에 들어요—달리 어떻게 하겠어요? 누나는 말없이 우리 모두를 헌신적으로 돌보고, 우리를 재워줘요. 거기엔 아버지도 포함되죠. 그런 다음 조용한 밤중에 자기 숙제를 하러 가요.

삶은 아무도 기다려주지 않아요. 삶은 그 어떤 변명도 받아주지 않아요. 삶은 그런 거예요, 그렇게 지나가는 거예요.

아를레트 뷔장 아주머니도 항상 우리 곁에 있어줘요. 성실한 아주머니는 우리의 뗏목을 떠나지 않죠. 아주머니의 삶은 메트로놈처럼 규칙적이고 그것은 우리에게 큰 도움이 돼요. 가끔은 아주머니가 자기 집으로 돌아가지 않고 저녁에도 우리집에 있어줬으면 할 때가 있어요. 아를레트 아주머니, 아주머니는 영혼의 구원자예요. 그러니 가지 마요. 우리의 가족이 되어주세요. 아주머니는 이미 우리 가족이에요. 나는 아주머니의 치마 속에 계속 머리를 묻어요. 자, 그러니까 가지 마요, 아를레트 아주머니, 제발요! 오늘 밤엔 아주머니가 내 엄마예요.

아빠는 무척 늦은 시간에 퇴근해요. 아버지는 일을 너무 열심히 하셔, 산드라 누나가 한숨 쉬며 말해요. 아빠는 하루종일 집들을 그려요. 그게 아빠의 직업이죠. 아빠는 저쪽, 큰길 건너편에서 열심히 일해요. 우리집과 아빠가 다른 사람들의 집을 설계해주는 사무실 사이에는 선술집이 하나 있어요. 오래전부터 아빠는 퇴근할 때 그 선술집 앞에서 걸음을 멈춰요. 그곳은 아빠 안에 요동치는 작은 죽음의 일부일까요? 그 선술집에서 시간을 보내는 것이 스스로를 고갈시키는 하나의 방법일까요? 아빠가 선술집에서 나와 집으로 와요. 지독한 술 냄새가 공기 중에 퍼져요. 아빠는 말없이 의자에 털썩 주저앉아요. 산드라 누나가 아빠의 식사를 챙겨줘요. 나는 아빠를 봐요. 아빠는 엄마가 마지막까지 누워 있던 곳, 내가 마지막으로 엄마에게 인사한 빨간 소파를 응시하고 있어요. 엄마가 너무나 힘들어하며 누워 있던 빨간 소파요. 거기서 엄마는 나에게 말했죠. "사랑한다, 나의 귀여운 브루노."

그때 엄마의 눈은 공허했어요. 아빠의 눈은 훨씬 더 그랬고요.

요전 날 저녁 나는 알도 형과 함께 아빠를 염탐했어요. 아빠는 집에 오지 않았고, 우리는 어디로 가면 아빠를 만날 수 있는지 알고 있었죠. 아빠는 절망한 사람처럼 선술집에 처박혀 있었어요. 우리는 숨어서 아빠를 바라보았죠. 그 시간이 마치 영원처럼 느껴졌어요. 그날 초저녁, 우리는 그 선술집 깊숙한 곳 유리창 뒤 창살에 얼굴을 붙이고 서 있었죠. 프랑크 기타르가 우리에게 다가왔어요. 우리는 가만히 있었죠. 그애와 우리 사이에는 공통점이 있었어요. 그애 아빠가 우리 아빠 옆에서 술을 마시고 있었거든요. 그렇게 한없이 흘러넘칠 때 슬픔은 훨씬 더 슬프게 느껴지죠. 갑자기 고함소리가 터져나왔어요. 크게. 엄청 크게. 우리는 그 소리를 듣고 얼어붙었죠. 우리 아빠가 고함을 내지른 거예요. 이윽고 아빠는 프랑크 아빠의 멱살을 거머쥐었어요. 엄마도 알겠지만, 아빠는 힘이 세죠. 아빠는 주먹질 한 번으로 사람을 죽일 수도 있을 거예요. 아빠가 두 손으로 프랑크 아빠를 붙잡았어요. 그러고는 헝겊 인형처럼 마구 흔들었죠. 그 사람을 죽이려는 건 아니었어요. 아니죠, 우리 아빠는 살인자가 아니니까요. 우리 아빠는 다정한 사람이고, 사람들을 좋아해요.

하지만 술은 힘센 사람을 두려워하지 않아요. 그것은 마음속 깊숙한 곳에 칼날처럼 박히죠.

두 아빠는 유령이 되어 드잡이를 했어요. 정말이에요. 몸을 마구 흔들다가 결국 바닥에 쓰러졌어요. 느리고 비극적인 사건이었죠. 끝날 줄 모르는 춤이었고요.

술집 주인은 말 한마디 하지 않았어요. 바닥에 쓰러져 소란을 피우는 우리의 슬픈 아빠들을 일으켜세우기 위해 아무 행동도 하지 않았어요. 언젠가 때가 되면 그 못되고 비겁한 작자를 죽여버릴 거예요. 알도 형이 내 팔을 잡아당겼어요. 형은 그만 집으로 돌아가고 싶어했죠. 하지만 난 꿈쩍도 하지 않았어요. 불쌍한 우리 아빠를 혼자 놔둘 순 없었으니까요. 프랑크 기타르도 창살 뒤에서 움직이지 않았죠. 심지어 그애는 더 바싹 다가갔어요. 우리는 긴장한 채 유리창에 코를 붙이고 그 비극을 마주하며 서 있었어요. 사람들의 구경거리가 되어버린 아빠들의 고통으로 하나가 된, 삶에 버림받은 두 마리 개처럼.

잠시 후, 두 유령이 힘겹게 몸을 일으켰어요. 한쪽이 손을 내밀었지만, 다른 쪽은 거부했죠. 손을 내민 쪽은 프랑크의 아빠였어요. 거부한 쪽은 우리 아빠고요. 언제나 그렇듯 너무나 예의 바른 태도였죠. 아빠는 그림자가 되었어요. 유령의 얼굴을 지닌 그림자. 죽음에 충격 받고 삶에 충격 받아 떠나려는 그림자. 오, 맹세해요, 정말이에요, 엄마. 그 사람은 아빠가 아니었어요. 엄마가 떠난 후, 아빠도 떠나버린 걸요.

"바로 죽지야 않겠지만 결국에는 나도 죽을 거다." 아빠가 엄마와 함께 쓰던 침대 앞에서 이렇게 말한 뒤, 이 말이 집안의 모든 벽에 부딪쳐 튀어올랐어요.

그 못된 술집 주인은 왜 아무 행동도 하지 않았을까요? 그 사람은 그저 자기 술집 문을 닫고 싶었을 뿐이에요! 바깥은 오래전에 어둠이 내렸고, 더이상 아무도 형편없는 포도주나 맥주를 마시러 오지 않을 테니까요. 그런 생각 말고는 아무런 느낌도 없었던 거죠. 우리의 두 아빠가 상대의 삶에 타격을 준다고 믿으면서 자신의 삶을 망가뜨려가며 싸우는 동안, 그 쓰레기 같은 작자는 태연한 표정으로 잔들을 치울 뿐이었어요.

프랑크 기타르는 나와 특별히 친한 친구는 아니에요. 그냥 다른 조무래기들 중 하나일 뿐이죠, 동네 친구요. 그런데 그날 저녁, 어둠이 곳곳으로 퍼져나가고 우리의 슬픔을 파고들어온 그날 저녁, 상황이 달라졌어요. 그날의 전쟁은 우리 공통의 것이 되었어요. 프랑크와 나는 서로를 꼭 끌어안고 같이 들어갔어요. 우리의 아빠들을 헛된 격분에서 끌어내 각자의 집으로 데려가기로 결심하고 술집 안으로 들어갔죠. 프랑크의 집에서는 그애 엄마가 몹시 걱정하며 기다리고 있을 거예요. 그애 엄마는 남편의 비참한 모습을 보고 울지도 몰라요. 아니면 말다툼을 하든가요. 아니면 벌써 잠자리에 들었는지도 모르죠. 하지만 우리집에는 아무도 없어요. 배가 떠내려갈 때 구조해줄 엄마가 없어요.

술 취한 아빠들이 험상궂은 얼굴을 들어 어안이 벙벙한 표정으로 우리를 바라보았어요. 말은 한마디도 없었죠. 피로에 지친 아빠들의 얼굴에는 부끄러움의 가면이 씌워져 있었어요. 아빠들은 카운터 앞에 줄줄이 놓인 탁자들을 간신히 통과해 거기까지 다가온 두 아이의 얼굴을 멍하니 바라보았죠. 술집 주인은 탁자들을 하나도 빼놓지 않은 상태였어요. 나는 아빠의 손을 잡고 끌어당겼어요. 프랑크도 자기 아빠에게 똑같이 했죠. 담배 냄새와 술 냄새가 났어요. 술은 행복을 망가뜨리고 우리의 감각을 산酸처럼 공격하죠. 바닥이 더러웠어요. 더러운 바닥은 자기의 흉악함 속에 우리를 붙잡아두려는 듯, 우리를 빨아들이려는 듯 신발창에 쩍쩍 달라붙었죠. 우리는 각자 자기 아빠와 함께 술집을 나섰어요. 각자의 삶을 향해서요. 두 아이는 목발처럼 옆에서 아빠를 부축하고 비틀거리며 걸어갔어요. 주위는 온통 암흑이었죠.

나는 할아버지 할머니 집에 처박혀 있어요. 여기서 시간을 보내죠. 알렉의 집에서 보내는 시간과 거의 비슷하게요. 할머니는 나를 따뜻하게 맞아주고 항상 세몰리나 _듀럼밀을 일반 밀가루보다 더 거칠고 오톨도톨하게 가공한 가루로_ 케이크를 구워줘요. 그 위에 설탕을 뿌려 먹으면 행복이 따로 없죠. 할아버지는 할머니의 맛있는 요리를 카드놀이와 맞바꿔요. 나는 가여운 할아버지를 턱짓으로 조종하고요. 할아버지는 멋진 사람이에요. 나에게 져주죠. 할아버지가 져주지 않으면, 나는 방을 가로질러 카드들을 던져버린 뒤, 고개를 높이 쳐든 채 쾅 소리 나게 문을 닫고 나가버려요. 할아버지는 어린 내가 그렇게 골내는 걸 좋아하지 않아요. 그래도 모든 걸 눈감아주죠. 나는 보호해줘야 할 조그만 꼬마니까요. 죽은 딸의 막내아들이니까요.

　할아버지 할머니 집에서 언성이 높아질 경우, 대개는 나에게 잘못이 있어요…. 할아버지는 누가 나에게 벌주는 걸 싫어해요. 내가 벌받아 마땅한 잘못을 저질렀어도요. 알렉과 나는 할아버지의 그런 마음을 시험해요. 어느 날 저녁, 우리는 경찰과 도둑 놀이를 하며 무시무시한 악당들로 변장하고 할아버지 할머니 집으로 살금살금 들어갔어요. 입에 마스크를 쓰고 머리에는 스타킹을 뒤집어 써서 얼굴을 일그러뜨린 채, 할머니를 골려주려고 펄쩍 덤벼들었죠. 완전 성공이었어요. 할머니는 너무 놀란 나머지 큰 소리로 비명을 지르며 안락의자에 쓰러져서는 기진맥진해서 신음했어요. 우리는 얼른 마스크를 벗고, 죄스러운 미소를 지으며 우리의 얼굴을 보여줬지요. 우리의 못된 장난 때문에 할머니가 돌아가실지도 모르니까요. 할머니는 머리카락이 쭈뼛 곤두선 채 숨을 헐떡거렸어요. 할머니의 눈이 이 장난을 어서 끝내라고 애원했어요. 그 모습을 보니 내가 한 짓이 후회가 되었어요. 그런데도, 내가 분명히 어리석은 짓을 저질렀는데도, 할아버지는 내 편을 들어주었어요. 일단 불같이 화를 내고는, 내 행동을 변호해주려고 구구절절한 이유를 늘어놓았죠. 할아버지의 목소리가 천장으로 올라가 부딪쳤어요. 할아버지는 모든 사람에 대해 큰 소리로 떠들고, 사방으로 고함을 지르고, 욕설을 마구 퍼부었어요. 주로 카탈루냐어로요. 할아버지는 내가 재미있게 놀고 싶어하는 아이인 줄로만 알아요. 그 이상은 아무것도 보지 못하죠. 하지만 나는 그렇게 위험한 아이가 아니에요…. 게다가, 이런 말을 해도 될지 모르지만, 할아버지는 자기 아내가 무서워하는 모습을 재미있어하는 것 같기도 했어요.

할아버지는 화를 잘 내요. 특히 할머니가 3연승식 경마 전표 접수하는 걸 잊은 날에 그랬죠. 전표는 매일 할아버지가 준비해요. 할머니는 아침에 그걸 마을 식료품점의 마농 아주머니에게 가지고 가서 접수하기만 하면 되죠. 그건 그야말로 하나의 의식이에요. 항상 같은 말들에 걸어요. 6-4-2. 항상 6-4-2예요.

어느 날 할머니가 깜박 잊고 마농 아주머니의 식료품점에 가지 않았어요. 그런데 말들이 6-4-2 순서로 결승 지점에 들어왔어요. 할아버지는 라디오 중계방송에 귀를 쫑긋 세우고 있었죠. 경기 결과를 듣고 할아버지가 벌떡 일어났어요. 그리고 집안이 떠나가라 기쁨의 함성을 내질렀어요. 할아버지가 내지른 환호성이 집 밖 도로 건너편까지 퍼져나갔어요. 할머니가 뒷걸음질로 슬금슬금 도망쳤어요…. 다음 순간 할아버지는 할머니가 왜 그러는지 깨달았죠. 할아버지가 포효했어요. 할아버지는 '할머니를 죽이고' 싶어했어요. 할아버지는 마을을 가로질러 도망친 할머니를 쫓아갔어요. 두 분이 화해하려면 또 며칠이 걸릴 거예요.

할아버지는 그런 분이에요. 언제나 나를 보호해주죠. 나는 눈물이 나와요. 내 머리에 이가 생겼어요. 가려워서 피가 날 정도예요! 그런데 할아버지는 내가 가까이 가도 가만히 있고, 눈물이 가득한 내 얼굴을 다른 사람들의 시선에서 멀리해 할아버지의 무릎에 얹으라고 말해요. 할아버지의 목소리는 부드러워요. 마치 방향성 진통제 같아요. 나를 진정시켜주죠. 할아버지는 말 그대로 전쟁이 일어난 내 머리카락 속을 손가락으로 헤집어요. 머리의 피를 빨아먹는 이蝨 병사들을 찾아내 손으로 하나하나 죽여 전쟁터에서 소멸시켜요. 커다란 흰 종이로 그 벌레들의 묘지를 만들어요. 형태가 일정하지 않고 해로운 그 조그만 괴물들은 그렇게 야외에서 안식을 취하죠. 그러는 동안 나는 줄곧 끙끙거려요. 숙련된 손가락들에 의해 악이 제거되고, 그 더러운 놈들은 종이 위에 놓여요. 악몽이 눈물 속에서 끝나요.

나의 멋진 전사 할아버지. 할아버지는 다른 사람들에게 이렇게 말했어요. "내 머리에 이가 생긴 거야!" 할아버지는 나를 다시 일으켜주고, 머리에 이가 들끓는 나의 눈물을 닦아주고, 조심스럽게 욕실로 데려가 식초로 머리를 감겨줘요. 사람들은 쉽게 속지 않을 거예요. 내게서, 내 머리에서 나는 이상한 냄새 때문에 구역질이 날 테니까요. 할아버지가 희생한 거죠. 할아버지가 내 대신 죄인의 옷을 걸친 거예요. 아무튼 나는 할아버지의 전략 덕분에 창피를 면했어요. 밤이 되면 훌륭한 할아버지를 생각하며 진정된 머리와 따뜻해진 마음으로 잠들어요. 머리에서 식초 냄새를 풍기며 잠에 빠져들어요.

할아버지는 선한 마법사예요. 할아버지는 형제자매들 중 여덟째이고, 8은 모든 걸 설명해주는 마법의 숫자죠. 만약 몸이 아프면 우리 할아버지 집으로 오세요. 길게 누워서 할아버지가 하는 대로 가만히 있기만 하면 돼요. 할아버지는 여러분의 머리 위로 손을 가져가고, 알아듣기 힘든 몇 마디 말을 중얼거릴 거예요. 그런 다음 할아버지의 손가락들이 여러분의 발까지 미끄러져 내려갈 거예요. 할아버지가 병을 낫게 해줄 거예요. 할아버지가 여러분의 병을 쫓아내줄 거고, 여러분은 상처 입은 몸에 깃든 병으로부터 벗어나 회복될 거예요. 할아버지의 손길이 닿는 족족 효과가 있을 거예요…. 어쩌면 거의 다요.

기억나요, 엄마? 내가 많이 아팠잖아요. 구토를 했죠. 도무지 멈추질 않았어요. 구토 때문에 몸 전체가 요동쳤죠. 그게 계속 되자 기진맥진했어요. 그렇게 며칠 동안 계속 토했죠. 의사 선생님은 입원하라고 했어요—더이상 선택의 여지가 없었죠. 몸이 요동치는 사이사이, 걱정하고 절망에 빠진 엄마의 얼굴이 보였어요. 그 병이 정말로 나를 사로잡아 멀리 쓸어가려 했을까요? 할아버지가 와서 치유 의식을 해줬어요. 병을 퇴치하기 위해 내 발치에서 양손을 흔들었어요. 하지만 아무것도 달라지지 않았죠. 나다 Nada, '아무 일도 없다'는 뜻의 스페인어. 그건 효과가 없었어요. 구토는 계속되었고, 나 자신이 완전히 비워진 느낌이었어요. 몸에 남아 있던 생명력을 모두 잃었죠.

다음날, 나는 탈수증을 치료 받고 튜브를 통해 영양을 공급받기 위해 병원에 입원했어요. 운 좋게 사촌 한 명이 우리를 방문했죠. 몽펠리에에서 의학 공부를 마친 사촌이었어요. 그 사촌이 엄마에게 새로 나온 약 프림페란에 대해 이야기했죠. 엄마는 주저하지 않았어요. 내가 즉시 그 약을 투여받기를 원했죠. 엄마는 무엇이든 시도해보고 싶었을 거예요. 그 사촌은 젊었지만 엄마는 그의 말을 주저 없이 믿었어요. 그리고 그 약이 효과가 있었어요. 그래요, 엄마, 그 약이 효과가 있었어요. 구토가 멈췄으니까요. 배의 통증도 사라졌고요. 이 일이 있은 뒤, 엄마 아빠는 내가 우리 개 테키를 사방으로 따라다니다가… 테키의 똥을 먹었다는 사실을 알게 됐죠! 심지어 그때 나는 주머니 속에 개똥을 갖고 다니기도 했어요···.

쉬는 시간에 나는 심장이 아플 때까지 운동장을 뛰고 또 뛰었어요. 그때의 기쁨은 상상을 초월할 정도로 강력했죠. 우리는, 우리 학교의 모든 아이들은 사방으로 뛰어다녔어요. 그리고 엄마는 얼굴에 아름다운 미소를 띠고 우리를 바라보았죠. 그때가 내 삶에서 가장 아름다운 순간이었어요. 교실 창가에 턴테이블이 있었어요. 거기서 비발디의 〈봄〉이 운동장 쪽으로 흘러나왔죠. 〈봄〉. 엄마는 항상 그 음악을 틀었어요. 그건 기쁨의 한 조각이었어요. 내가 그렇게 행복할 권리가 있었을까요?

엄마가 나를 안아주면 좋겠어요. 평생 동안.

엄마로부터 멀어진 시간 동안 나는 현기증이 났어요. 현기증에 휩쓸려 추락하지 않도록 나뭇가지에 매달렸죠. 언젠가 나무들이 없어지면, 매달릴 데가 없어질 거예요. 그렇게 되면 난 어쩌죠?

　죽음은 존재하지 않아요. 절망을 만질 수 있을 뿐이죠. 절망은 길 위에 퍼질러 있는 역겨운 물질, 못된 보초병이에요. 그것은 나를 감시하죠. 엄마가 떠난 이후, 매일 점점 멀어지는 느낌이에요. 모든 것이 엄마로부터 점점 멀어져가요. 그 속도를 늦춰야 해요, 그래요, 늦춰야 해요…. 달아나선 안 돼요. 달아나봐야 무슨 소용이 있겠어요? 난 내 생명을 전부 엄마에게 주고 싶어요.

하지만 다른 움직임이 나를 휩쓸어가요. 그것이 나를 앞으로 밀어대요. 카롤과 함께 춤출 때까지 남은 날들을 가능한 한 빠르게 삼켜버리고 싶어요. 벌써부터 내 뺨이 그애의 뺨을 어루만지고, 숨쉬기 힘들어 내 마음이 울부짖는 것이 보여요.

그것은 공간을 찢어버리고 내 삶에 충격을 주는 급격한 위기, 내가 사탕을 잘못 삼키는 바람에 경험한 것과 비슷한 질식이에요. 난 내 또래의 아이가 할 수 있는 만큼 눈을 감고 집중해야 돼요. 카롤의 입술 가장자리가 내 입술 가장자리를 스친 완벽한 순간의 완벽한 이미지를 간직해야 해요. 그 이미지를 호흡해야 해요. 고요하게. 깊이. 그러면 달콤함이 온통 나를 뒤덮고, 모든 것이 더 명확해지고, 나를 기다리는 것은 더이상 조난이 아닐 거예요. 그런 상황이 계속될 수 있을까요? 언제 또다른 공격과 위기 들이 닥쳐와 내 시야를 흐리게 하고 영혼을 벽에 던져버릴까요?

엄마가 숨을 쉬지 않게 된 이후, 나는 내 호흡들을 하나하나 헤아려야 했어요. 내 방 창문을 열어요. 슬픔은 갇혀 있는 나비예요. 그것은 날아가지 않아요. 손가락으로 제거할 수 없고, 뱃속을 끈질기게 짓누르죠. 그 불쾌한 무게가 항상 내 안에 머무르겠죠? 그건 나비가 아니에요. 내 방 벽들을 검은색으로 칠하는 잔인한 힘이에요.

나는 새로운 장례 행렬이 우리집 앞을 지나가기를 남몰래 바라요. 어떤 죽음이든 좋으니, 그렇게 되어 엄마가 돌아가신 날을 내가 잊으면 좋겠어요. 그들이 성말로 죽은 누군가를 운반하며 열을 지어 지나가, 내 안에 박힌 이 슬픔을 묘지까지 휩쓸어가면 좋겠어요. 구덩이는 메워졌지만, 슬픔의 조각들을 가지고 각자 자신의 집으로 돌아가는 거죠…. 각자 차례대로! 어떻게 생각해요, 엄마?

할아버지가 자기 아빠는 마을의 전원 감시인이었고, 집집마다 돌아다니며 전쟁터에서 사망한 사람의 죽음을 가족들에게 알리는 역할을 했다고 말해줬어요. 제1차세계대전 때였죠. 증조할아버지는 끔찍한 소식을 전하는 사람이었던 거예요. 증조할아버지는 전보를 받았고, 항상 머리에 군모를 쓰고 다녔대요. 주위를 바라보며 용기를 냈고, 껄끄러운 마음을 다독이며 끔찍한 임무를 완수하려 했대요. 사람들은 멀리서도 증조할아버지를 알아봤대요. 증조할아버지가 비장한 눈빛으로 길을 나서기가 무섭게, 집들의 겉창이 후다닥 닫혔대요. 불행을 알리고 다니는 사람을 맞아들이려는 사람은 아무도 없죠. 흉조가 자기 집 문을 두드리는 소리를 듣고 싶어하는 사람 역시 아무도 없고요. 모든 주민들이 옆집에 용건이 있기를 바랐대요. 우리 증조할아버지의 임무는 슬픔을 전하는 것이었어요.

오늘 내 마음은 검은 손수건에 감싸여 있어요. 엄마가 떠나던 날 아빠, 형, 누나들의 마음을 숨막히게 한 것과 똑같은 손수건이죠. 할아버지의 소총을 맞고 죽은 새가 머릿속에 떠올랐어요. 꼬마 장 피에르 비니 생각도 났고요. 내가 우리집 비닐 풀장 밖으로 밀어낸 아이요. 나는 나쁜 아이예요. 착한 점이라고는 하나도 없어요. 나는 자살해야 할까요? 난 살고 싶어요. 난 목을 매고 싶어요. 하지만 알렉, 그리고 카롤이….

나의 작은 집. 나는 널 바라보고 있어. 더이상 네 안에서 살고 싶지 않아. 너의 문을 더이상 넘어가고 싶지 않아. 너는 절망의 동굴이야. 밤이 너의 입을 벌리고, 추위가 내 손가락들을 갈기갈기 찢을지도 몰라. 하지만 그렇게 아프진 않아. 난 아픔을 잘 알아요, 정말이에요, 엄마. 나는 더 많이 아플 수 있어요. 이 유리 조각을 보세요. 아빠를 서서히, 고통스럽게 중독시킨 그 비열한 작자의 선술집 바 뒤로 던져진 술병 조각을요. 상태가 완벽하죠. 나는 그 유리 조각을 여섯 살 말썽꾸러기의 우윳빛 피부 속으로 찔러넣었어요. 피부가 벌어졌어요. 할머니가 커다란 칼로 세몰리나 케이크를 잘랐을 때처럼. 잘린 케이크 조각들의 크기는 일정하지 않아요. 내가 항상 가장 큰 조각을 먹죠. 나는 내 손등을 찢었어요. 아팠어요, 정말 아팠어요. 하지만 마쳐야 해요. 이 모든 것을 끝마쳐야 해요. 더 아플 수도 있어요. 난 C자 그리기를 끝마쳤어요. 이어서 나는 B를 그리기 시작했어요. 추워요. 내 손에서 피가 나요. 달이 무심히 내려다보는 내 손등 위에서 내 사랑의 머리글자가 붉은 핏빛으로 반짝여요. 내 손에서 금빛 피가 흘러요. 이상하죠. C와 B는 내 이름의 머리글자이기도 해요. 우리가 운명이라는 징조죠. 난 이걸 알렉에게 보여줄 거예요.

내 손등의 상처는 학교에서 엄청난 관심을 끌었어요. 아이들이 나에게 마구 질문을 퍼부었죠. 무슨 일이야? 왜 손에 그런 커다란 밴드를 붙이고 있어? 알렉은 깔깔대며 웃었어요. 그애는 알고 있었죠. 심지어 알렉은 조금 질투하는 것 같았어요. 어제 저녁에 알렉은 나를 따라 하고 싶어했어요. 그애의 손이 내 손쪽으로 다가왔죠. 내 칼을 자기 손에 쥐었지만, 마지막 순간에 가서는 아무것도 하지 못했어요. 결국 울음을 터뜨린 것으로 볼 때, 몹시 화가 났던 것 같아요. 난 그애에게 이렇게 말했죠. "알렉, 너도 알겠지만, 이건 나에게 더 쉬운 일이야. 나는 엄마가 없잖아."

시간이 모든 것을 삼켜버린다는 걸 난 알아요. 그러니 서둘러야 해요. 내 손에 이 표시를 새겼으니, 이걸 카롤에게 반드시 보여줘야만 해요. 아마도 카롤은 내 행동의 의미를 알아차리지 못할 거예요. 특히 B는 많이 망쳤어요! 그건 아무것도 닮지 않았어요. 심지어 하트처럼 보이지도 않죠. 알렉이 자기가 그 방면의 전문가라며 내가 사랑을 고백할 때 같이 가주겠다고 했어요. 영원한 사랑을 고백할 때요. 자기 이름 머리글자가 내 손에 새겨진 것을 보면 카롤이 어떻게 내 사랑을 의심할 수 있겠어요? 카롤은 깊은 인상을 받을 거예요. 내 사랑은 진실이에요. 내가 하는 행동은 모두 장난이 아니에요. 진심이에요.

아뇨, 난 혼자 갈 거예요.

카롤은 절대 혼자 있는 법이 없어요. 언제나 주위에 추종자들이 모여 있죠. 아이들은 그애를 보고 싶어하고, 알고 싶어하고, 만지고 싶어해요. 유령들 무리에 둘러싸인 진정한 태양이죠.

마침내! 카롤이 움직여요…. 운동장 깊숙한 곳 화장실 쪽으로 가요.

"브루노, 따라가. 서둘러, 빨리 따라가라고!"

알렉은 참 웃겨요! 아니, 난 그럴 수 없어.

심장이 미친 사람처럼 두근거리고, 엉망으로 날뛰고, 줄행랑을 쳤어요. 내 심장은 미끼를 물려고 했지만, 이미 도망쳐버렸어요. 내 다리도 나를 지탱해주지 못했어요. 그러지 못했죠.

상한 내 손을 내려다보았어요. 귀에는 아무 소리도 들리지 않았죠. 나는 등뒤에 태엽이 달린 자동인형처럼 운동장 안쪽으로 걸어갔어요. 그리고 여자 화장실 문 앞에 섰어요. 몸이 떨려요. 내 심장이 땅바닥에서 호드득거려요. 카롤이 화장실에서 나와 나를 보고 빙긋이 웃었어요. 이윽고 카롤의 미소는 사라졌어요. 나는 그대로 그애 앞에 서 있었죠. 카롤은 내 뒤에서 누군가를 찾는 것 같았어요. 아니야, 카롤, 여긴 나뿐이야. 세상에 우리 둘뿐이야. 몸이 떨렸어요. 나는 나의 천사 카롤의 손목을 잡고 벽에 밀어붙였어요. 그리고 내 손등의 밴드를 확 잡아뗐어요.

"이걸 봐, 내 사랑, 이걸 보라니까!"

"이러지 마! 너 미친 거 아니야? 대체 무슨 짓을 한 거야? 그만해, 손목이 아프다고!"

나는 차마 말하지 못했어요. 입이 붙어버린 것 같았죠. 내가 사랑하는 카롤의 몸이 이리저리 흔들렸어요. 얼굴은 마치 반으로 잘려 바닥에 널브러져 있는 벌레처럼 꿈틀거렸고요. 나는 그 애의 입술로 내 입술을 가져가 억지로 입맞추려 했어요. 그애의 비명 소리도 귀에 들어오지 않았죠.

갑자기 누가 내 머리에 꿀밤을 때리더니, 머리칼을 움켜쥐어 뒤로 끌어당겼어요. 난 그대로 바닥에 넘어졌죠. 그 사람은 나를 계속 더 멀리 끌고 갔어요. 숨이 막혔고, 나는 울었어요. 카즈 선생님이었죠. 선생님은 단단한 손아귀로 나를 붙잡아 바닥에 밀어붙여 제지하려 했어요. 카롤은 그사이 도망가버렸고요. 아이들이 몰려와 놀란 얼굴로 그 광경을 말없이 구경했어요—마치 죽은 물고기들처럼. 알렉도 와서 선생님을 도왔죠. 선생님이 나를 힘겹게 붙잡고 있었거든요. 더이상은 나를 제지할 수 없는 상황이었어요. 알렉이 밧줄로 묶듯이 두 팔로 내 몸을 감싸안았어요. 그렇게 나를 제지했죠. 나는 놓아달라고 알렉에게 애원했어요. 하지만 아무 소용 없었어요.

"가만있어, 브루노. 가만히 있어."

나는 울먹였어요.

"카롤이 내 손을 보지도 않았어."

"나도 알아, 브루노. 나도 알아."

내 가장 친한 친구가 옆에서 나를 단단히 붙잡고 있었어요. 나는 더이상 저항하지 않았죠. 더는 발버둥치지 않았어요. 우리는 대낮에 운동장 깊숙한 곳, 삶의 전쟁터 표면에, 다른 어디도 아닌 그곳 한가운데에, 조그만 두 개의 조각상처럼 누워 있었어요. 슬픔으로 서로에게 결합되고 끼어박힌 것처럼, 서로에게 매달려 있다시피 했죠. 알렉의 입에서 나오는 숨결이 내 입가에 느껴졌어요. 알렉이 나에게 입맞춤을 해줬어요. 부드럽게. 슬프게. 알렉의 혀가 도망 다니는 작은 물고기처럼 내 입속에서 파닥거리다가 혀 밑에 숨었어요. 선생님이 다시 고함을 질렀어요. 하지만 내 귀에는 그 소리가 들리지 않았어요. 선생님의 입이 크게 벌어지고, 눈이 광기로 번득이고, 얼굴에 경련이 이는 것만 보일 뿐이었죠. 선생님이 나에게 매달려 있는 알렉의 다리를 잡고 잡아당겼어요. 나는 울면서 일어나 멀리 도망쳤죠. 다시는 학교에 가지 않을 거예요. 다시는. 알렉을 가만히 놔둬요, 제발요, 나의 알렉을 아프게 하지 마요.

저녁이 아름다운 색으로 옷을 갈아입었어요. 마조렐 블루프랑스의 예술가 자크 마조렐(1886~1962)이 1924년 모로코 마라케시에 만든 '마조렐 정원'에 사용한 파란색. 매우 아름답고 인상적이어서 작가의 이름을 따 '마조렐 블루'라고 부르게 되었다로요. 나는 울음을 그쳤어요. 마비되었던 몸도 풀렸죠. 몇 시간 전부터 나는 엄마의 이름이 아직 새겨지지 않은 차가운 대리석에 뺨을 대고 있어요. 이제는 뺨에 감각이 없어요. 사람들은 마지막 순간에 엄마를 땅 밑에 내려놓지 않고, 차가운 이 벽 뒤에 내려놓았죠. 여기엔 아무것도 새겨져 있지 않아요. 엄마의 인생이 시작된 날짜도, 엄마가 돌아가신 날짜도. 나는 엄마가 이 뒤에 있다는 것만 알 뿐이에요. 관 속에 길게 누워서요. 그래요, 엄마는 여기에, 아주 가까이에 있어요. 내 차가운 뺨을, 내 귀를 다시 대리석에 갖다 댔어요. 엄마는 정확히 어떻게 하고 있어요? 어느 방향에 있어요? 이쪽이 엄마의 머리인가요, 아니면 발인가요? 엄마의 목소리가 들리는 것 같아요.

큼직한 손 두 개가 내 머리 옆에 조심스레 놓이네요. 내가 잘 아는 그 손가락들이 차가운 대리석을 부드럽게 어루만져요. 아빠가 나를 품에 안아주네요. 나는 코알라처럼 아빠의 목에 매달렸어요. 그리고 아빠가 나를 집으로 데려갔어요. 아빠는 이제 검은색으로 물든 어둠 속을 걸으며 울었어요. 나는 아빠의 수염에 내 뺨을 찰싹 붙였죠. 수염이 부드러웠어요.

아빠가 나를 학교에 데려갔어요. 지난 이틀 동안 나는 할아버지 할머니 집에 숨어 있었어요. 할아버지 할머니도 나랑 똑같이 숨어 있었죠. 할아버지 할머니는 부끄러워했어요. 아무도 그 이야기를 하지 않으려 했고, 감히 하지도 못했어요. 나는 자고, 또 자고, 울면서 지냈죠. 그리고 아빠와 함께 다시 학교에 온 거예요. 카즈 선생님과 이야기하는 동안, 아빠는 내 손을 단 한순간도 놓지 않았어요. 아빠는 무척 나지막한 소리로 이야기했어요. 그래서 복도에서 이야기하는 아빠의 말소리가 교실에 조용히 앉아 있는 아이들에게는 들리지 않았죠. 아빠가 하는 이야기는 미묘하고 까다로웠어요. 오로지 나를 보호하려는 목적뿐인 이야기였죠. 나는 나쁜 짓만 골라 하는 아이이고, 아빠는 나를 위해 애쓸 필요가 없는데도 말이에요. 아빠는 슬픔 때문에 제정신이 아닌데, 아들이 슬픔을 더 보태고, 심지어 홀아비의 비탄 속으로 한층 더 깊이 처박고 있어요.

　오늘 선생님은 나에게 한마디도 하지 않았어요. 아이들이 나를 쳐다봤죠. 아이들에게 나는 낯선 사람보다 더한 존재, 일종의 미확인 인간 물체였어요. 나는 엄마가 떠났을 때처럼 다시 예외적인 존재가 되었어요. 모든 호기심의 중심요. 난 그게 싫어요. 카롤은 나에게 눈길 한번 주지 않고, 몸을 꼿꼿이 세운 채 앞쪽 칠판만 바라봤어요. 깊고 무거운 침묵이 내려앉았어요. 속닥거리는 소리, 한숨 소리조차 없었죠. 더욱 놀라웠던 것은 라디에이터 옆에 앉아 있던 장 마르크 자네티가 (처음으로) 선생님의 말씀을 귀기울여 듣는 척했다는 거예요.

　알렉은 잘못이 없어요. 그애 아빠가 그애를 용서해주었고, 다른 사람들도 그애를 혼내지 않았죠. 다 내 잘못이에요.

쉬는 시간도 혼자 보내야 했어요. 나는 한구석에서 혼자 숨을 쉬었죠. 카롤, 이제 나는 감히 너를 쳐다보지 못할 거야—차라리 죽는 게 낫지.

그날 저녁, 아빠는 내가 주위에 만들어낸 상처들만으로 충분하지 않은 것처럼 그애 부모님과 대화를 나눠야 했어요. 엄마, 우린 엄마가 필요해요. 알렉, 돌아와줘. 나를 감싸 안아주는 네 두 팔이 필요해.

뭔가가 진행되고 있어요. 그것이 나와 엄마 사이의 공간을 조금씩 삼키죠. 엄마의 부재가 점점 커져가요. 그러나 내가 할 수 있는 건 없어요. 그냥 생각만 할 뿐이죠. 내 입은 역겨운 것들로 가득해요. 하늘, 어둠, 다시 하늘이 돌아와 나를 비웃어요. 벌써부터 하늘은 백 개의 생명만큼이나 묵직한 어둠을 나에게 알려줘요. 비슷비슷한 날들이 이어지고, 엄마는 내 곁에 없어요. 하루하루의 그런 바보 같은 행진을 나는 견딜 수가 없어요. 내가 이 세상에 태어난 건 오로지 엄마의 발걸음을 따라가기 위해서예요. 그것이 올바른 상식, 인생의 의미지요. 내가 내 기쁨과 고통들에 대해 엄마에게 이야기하지 못한다면 무슨 소용이 있어요? 왜 엄마 없이 그것들과 맞서야 해요?

하루의 끝 무렵에는 비밀스러운 통로가 있어요. 아이들은 항상 그 통로를 찾아내죠. 그 통로는 신성한 장소로 이어져요. 우리는 거기서 모든 것을 고백하고요. 그곳은 사랑하는 엄마의 품 같은 완벽한 둥지의 형태를 하고 있어요. 그런데 뭔가가 무너져 내려서 이제는 그 통로로 들어갈 수가 없어요. 더이상 아무것도 분간할 수가 없어요. 심지어 나는 그 흔적마저 잃어버렸어요. 사람들이 내게서 그 통로를 훔쳐갔고, 그 통로는 결국 막혀버렸어요.

성 요한 축일이에요. 저녁에 마을 광장에서 춤을 출 거예요. 오늘은 6월 23일이에요. 일 년 중 낮이 가장 길고 해가 오래 떠 있는 날이지요. 공기가 부드럽고 거의 달콤하기까지 해요. 평온한 느낌이 들어요. 하지만 엄마가 돌아가신 후 내 입안은 늘 끈끈하고 시큼한 맛이 나요. 우리는 횃불―산 호안의 불―을 기다려요. 어른들이 가장 높은 카니구 산 꼭대기로 그 불을 가지러 가죠. 그것은 카탈루냐의 전통이자 자랑이에요. 산꼭대기로 올라가 횃불을 손에서 손으로 전달해요. 어둠이 내리면 그 횃불은 이 지방 모든 마을에서 밤의 태양이 돼요. 사람들의 마음을 행복으로 타오르게 하는 웅장한 불이죠. 그 사랑의 순간에, 우리는 모두 눈에 열기를 품고 그 불을 기다려요. 그 불이 장작불보다 더 활활 타오르기를 바라면서요. 우린 카탈루냐 전통 복장을 하고 초조한 마음으로 마을 광장 한가운데에 당당하게 서 있어요. 우리 위에는 핏빛과 금빛의 깃발들이 우리의 욕망 때문에 상처를 입은 것처럼 사방팔방으로 나부끼고요. 잠시 후, 불이 생겨나고, 커지고, 우리는 우리의 엉덩이를 핥는 횃불들을 가지고 그 불 위를 뛰어넘을 거예요. 사람들이 그 행사를 함께 할 준비를 하고 광장에 서 있어요. 가족들, 노인들, 아이들. 이 유대감의 잔치에서 아무도 잊히지 않을 거예요. 행사가 끝나면 어른들은 무스카트 포도주에 취하고, 아이들은 입안이 미어지도록 뷔네트_{달콤하고 바삭바삭한 튀김과자}를 먹을 거예요.

카롤은 내 댄스 파트너가 아니에요. 우리는 함께 돌지 않을 거예요. 도미니크 모랄은 나보다 한 살 많아요—한 살은 은하수만큼이나 큰 차이죠. 그 형이 카롤의 파트너를 할 거예요. 오, 물론 도미니크 형의 눈은 초록색이에요. 하지만 우리의 눈만큼 진한 초록색은 아니에요. 알렉요? 알렉의 눈은 아무 상관 없어요.

도미니크 형은 게임을 잘 이끌어요. 하지만 난 신경 안 써요. 도미니크 형이 하는 어릿광대짓은 공작새의 꼬리 깃털을 펼치는 형만의 가련한 방식이니까요. 그런데 그게 먹히죠. 학교 운동장에 깔린 자갈들 위에서 자유자재로 미끄러지려는 우리의 시도보다 더 잘. 도미니크 형은 카롤을 웃게 만들어요. 그렇게 카롤을 웃게 하는 것에 내가 얼마나 신경 안 쓰는지를 그 형이 알아줬으면! 내 파트너는 클로딘이에요. 클로딘은 상냥한 여자애죠.

모두 준비가 되었어요. 다들 얼굴을 마주하고 섰죠. 자네트 고메즈가 시작 신호를 보냈어요. 카롤이 앞을 지나갈 때, 나는 고개를 숙였어요. 카롤이 걸음을 멈추는 소리가 들렸죠. 다음 순간, 카롤의 추종자들도 동시에 걸음을 멈췄어요. 여왕이 나를 바라보았어요. 슬픈 무용수인 나를 찬찬히 바라봐주었어요. 아니, 심지어 나는 무용수도 아니에요. 그냥 평민이죠. 카롤이 내 손을 잡더니, 천천히 아물어가는 상처를—거의 없어져가는 흉터를—엄지손가락 끝으로 쓰다듬었어요. 실패로 끝난 그 글자들이 주름진 내 손등 위에서 어찌나 추해 보이던지! 그것은 더이상 C도 B도 아니었어요. 나는 감히 카롤의 섬세한 손을 내 손가락으로 움켜쥐지 못했죠. 그저 고개를 들고 카롤의 눈을 들여다볼 뿐이었어요. 카롤이 미소지었어요. 정말이에요, 카롤 보베가 나에게 미소를 지었어요. 그러자 도미니크 형이 카롤의 한쪽 팔을 잡고 홱 당기더니, 자기 쪽으로 데려갔어요. 도미니크 형은 나를 죽일 듯이 쏘아보았죠! 그래도 나는 어린아이의 미소를 포기하지 않았어요. 나의 투쟁은 그런 것이에요—나는 항상 패자들 편에 있을 거예요. 불쌍한 도미니크 형! 아무리 애를 써도 형은 이미 졌어. 내 눈이 형의 눈보다 얼마나 더 예쁜지 형이 알아야 하는데….

카롤이 나에게 미소지었어. 카롤이 나에게 미소지었어. 카롤이 나에게 미소를 지었다고.

음악이 우리를 실어갔어요. 심장이 어찌나 세차게 고동치는지 마구 조여드는 느낌이었어요. 귀여운 카탈루냐 무용수 복장 속에서 내 몸이 불타는 것만 같았죠. 나는 클로딘을 춤으로 이끌었어요. 그렇게 빙글빙글 돌아본 적은 처음이에요. 내 심장요? 이제는 느껴지지도 않았어요. 마치 심장이 다른 곳에서 뛰는 것 같았죠. 아니면 내 안 어딘가에서 멈춰버렸든가요.

축제 만세!

그날 밤 나는 집으로 돌아가지 않았어요. 나는 알렉의 집 맨 꼭대기에 있는 알렉의 방 창문으로 작은 조약돌 하나를 던졌어요. 내 친구에게 가서 몸을 바싹 웅크리고 싶었거든요.

내 장난감들은 망가졌어요. 나는 내 방 침대 밑에 그것들을 쑤셔박아놓았어요. 이제 그것들은 낡은 고철과 플라스틱 더미일 뿐이에요. 조그만 자동차들은 심지어 바퀴조차 없어요. 할아버지가 선물해준 자동차 정비 공장도 초라해졌어요. 지붕에서 주유기注油器 쪽으로 내려가는 빨간 레일도 사라지고 없죠. 어쩌다 그렇게 됐는지 모르지만 레일이 뽑혀버렸어요. 난 아무것도 내던진 적이 없는데 말이에요. 난 모든 것을 잘 간직해두고 싶어요. 모든 것에는 이야기가 있으니까요.

　　지금은 망가져버린 그 자동차 정비 공장을 나는 너무나 기다리고 기대했어요. 내가 직접 카탈로그에서 골랐죠. 할아버지가 내 앞으로 그걸 주문해주었고요. 여러 날 동안 소포가 도착하기를 목을 빼고 기다렸어요. 며칠이 마치 몇 주 같았죠. 우체부 아저씨도 나만큼이나 초조해했어요. 어느 날 저녁, 수업이 끝나고 학교에서 나오는데 할아버지가 두 손을 내밀고 서 있었어요. 몇 시간 동안 겨울의 단단한 땅을 파느라 황갈색이 된 손이었어요. 시멘트 때문에 상해버린 손이었어요. 미국에 가서 권투를 할 수도 있었던 손, 싸움에서 이길 수도 있었던 힘세고 저항하는 손이었죠.

할아버지가 거기에 있었어요. 할아버지는 너무나 기뻐서 이쪽저쪽 다리로 춤을 추며 활짝 웃고 있었어요. 나는 알아차렸어요. 내 정비 공장이 드디어 도착한 거예요! 나는 환호성을 질렀어요. 사방 수 킬로미터 안에서 사람들이 내 목소리를 들었을 거예요, 틀림없어요! 나는 학교 뒤 언덕으로 올라갔어요. 할아버지를 뒤에 버려둔 채 똑바로 질주하며 함성을 지르고 마구 뛰었죠. 그런 다음 파스퇴르 로를 전속력으로 달려내려가, 숨을 헉헉 몰아쉬며 할아버지 할머니의 낡은 집 '카르퓌스크' 안으로 들어갔어요. 계단을 급히 뛰어올라갔어요. 그날 나는 그 멋진 정비 공장을 가지고 밤늦게까지 놀고, 새 플라스틱 냄새에 취해 그 옆에서 잠들었어요.

그리고 지금 내 침대 밑은 장난감들의 묘지가 되었어요.

나는 쇠로 된 장난감 비행기 해골을 힘겹게 끌어냈어요. 지난 크리스마스 때 학교에서 받은 선물이죠. 눈물이 차올랐어요. 매해 그렇듯 1, 2학년 아이들이 모두 장난감을 하나씩 받았어요. 올해에는 엄청 예쁜 소방차였어요. 아주 높이 올라가는 접이식 사다리가 달린 빨간색과 은색으로 된 소방차요. 나는 마을 영화관에서 사람들 사이에 앉아 있었어요. 천천히 빨아먹는 아몬드 페이스트와 마지막까지 가지고 있을 귤 하나를 손에 들고. 스크린에서는 영화 〈정글북〉이 상영되었어요. 잠시 후, 티노 로시Tino Rossi(1907~1983), 프랑스의 가수 겸 배우. 1946년에 발표한 〈프티 파파 노엘〉이라는 크리스마스 캐롤로 유명하다의 노래를 배경으로 산타 할아버지가 등장했어요. 산타 할아버지는 내가 상상했던 것보다 키가 더 컸어요. 스크린 옆에 있는 전나무 뒤에서 마치 마법처럼 튀어나왔죠. 산타 할아버지가 하얀 장갑을 낀 손끝으로 나에게 커다란 꾸러미를 내밀었어요. 내 소방차였죠. 우리는 모두 깊이 감명 받은 채 그 보물을 무릎 사이에 꼭 끼우고 있었어요. 여자아이들은 자기들이 받은 인형을 어루만졌고요.

피에르 바상이 나에게 걸어왔어요. 그애는 다른 선물을 받았죠. 더 큰 형들이 갖고 노는, 쇠로 된 길고 하얀 비행기였어요. 나는 그 비행기에 깊은 인상을 받았죠. 피에르 바상이 내 소방차를 보더니, 자기 비행기와 바꾸자고 제안했어요. 난 대답하지 않았죠. 그냥 말없이 고분고분하게 내 소방차를 내밀었고, 그렇게 그 비행기와 맞바꿨어요. 다른 친구들은 모두 멋진 빨간 소방차를 팔 밑에 끼고 집으로 돌아갔어요. 나는 내 방 안에서 혼자 울었어요. 원하지도 않던 그 비행기를 앞에 두고 얼마나 오래 울었는지 지금도 기억나요. 난 그 비행기를 한 번도 가지고 놀지 않았어요. 쓰레기 더미 속에 그 비행기가 있었어요. 다른 장난감들 속에 뭉개진 채. 그 비행기를 보자 깊은 슬픔이 나를 덮쳐왔어요. 그것의 날개를 손으로 쥐면서 연민마저 느꼈죠. 나는 보기 흉한 그 고철 덩어리를 벽에 던져 부서뜨렸어요.

알렉이 엉엉 울었어요. 그러느라 말을 하지 못했죠. 알렉은 한마디 말도 없이 문을 활짝 열어놓은 채 우리집으로 들어왔어요. 목이 멜 정도로 울면서요. 나는 알렉을 진정시키려 했어요. 알렉이 내 침대에 앉아 두 손에 얼굴을 묻었어요. 한 마디가 나오고. 이어서 두 마디, 세 마디가 나왔어요. 이고르가 죽었다고 했어요. 알렉의 또다른 친한 친구요. 알렉이 오래전부터 키우던 충실하고, 사랑스럽고, 다정한 개요. 학교에서 돌아와 이고르가 죽은 것을 발견했대요. 이고르는 현관 앞 널찍한 하얀 양탄자 위에 쓰러져 있었대요. 입에서 흘러나온 피가 주위에 웅덩이처럼 고여 있었고요. 알렉은 계속 울었어요. 무슨 말로도 위로가 되지 않았죠.

우리는 그렇게 오후 끝 무렵부터 저녁까지 내 조그만 침대 위에서 부둥켜안고 있었어요. 알렉의 눈물은 끝이 없었어요. 눈물이 알렉의 몸을 요동치게 하고, 강물처럼 몸 밖으로 흘러나왔죠. 그 눈물은 나를 끌고 가 말들을 전부 빼앗아버렸어요. 그래서 작은 위로의 말 한마디 입 밖에 낼 수 없었죠. 그 말들은 더이상 존재하지도 않았어요. 나는 친구의 머리카락을 쓰다듬으며, 친구의 눈꺼풀 가장자리로 철철 흘러내리는 눈물을 닦아주며 두 손으로 말을 건넬 뿐이었어요. 어둠이 밀려들었어요. 우리는 가 까스로 침대에서 빠져나왔죠. 그 모습이 마치 비극에 짓눌려 절 뚝거리는 늙은 유령들 같았어요.

나는 마음을 다해 알렉을 지탱해주었어요. 나의 영원한 임무 죠. 알렉의 두 손이 마침내 떨림을 멈췄어요. 산드라 누나가 우 리에게 저녁을 차려주었죠. 아빠는 아직 사무실에서 돌아오지 않았고, 알도 형은 장난칠 마음이 없어 보였어요. 검은 시냇물 이 알렉 밖으로 흘러나왔어요. 우리는 모두 고통스러운 변화를 느끼고 있었죠. 침통한 분위기가 우리를 둘러쌌어요.

알렉은 우리집에 머물렀죠. 아빠는 늦게 돌아왔지만 술에 취 해 있진 않았어요. 아빠가 거인 같은 두 팔로 알렉을 힘주어 안 아주었어요. 친절한 거인. 그래서 내가 알렉의 엄마가 내 엄마 역할을 대신해주길 바라는 거예요…. 분명 알렉도 우리 아빠가 자기 아빠를 대신해주길 바랄 거예요! 내 침대 발치에 작은 매 트리스 하나가 깔렸어요. 지나 누나와 산드라 누나가 사려 깊게 도 알렉을 위해 갖다놓은 거죠. 방의 불을 껐어요. 알도 형은 알 렉이 일어나 더듬더듬 다가와 내 품안에 웅크리는 것을 보고도 아무 말도 하지 않았어요. 입맞춤도 하지 않았고요. 그날 밤엔 그러지 말아야 했어요. 우리는 마음을 따뜻하게 덥혔고, 그게 다였죠. 우리 둘이서요. 알렉, 우리는 결코 죽지 않을 거야.

알렉의 아빠, 평소 굉장히 딱딱한 베르나르 아저씨는 내가 알지 못하던 얼굴을 하고 있었어요. 너무나 슬픈 나머지 안심되는 표정으로 변해 있었죠. 아저씨의 파란 눈에는 강철 같은 폭력의 기미가 전혀 없었어요. 오늘 아저씨의 눈은 고통으로 반짝였어요. 적개심은 날아가버리고 없었죠. 화도 누그러졌고요. 우리는 정원 깊숙한 곳에 이고르의 시신을 둘러싸고 서 있었어요. 마리 조제 아주머니, 베르나르 아저씨, 닌, 라라, 산드로 그리고 나. 우리는 구덩이 안에 놓인 커다란 비닐 봉투를 물끄러미 내려다보았어요. 묘하지만 그것도 우리를 쳐다보는 것 같았어요. 깊은 침묵이 내려앉았어요. 나는 마리 조제 아주머니의 손 안에 내 손을 슬그머니 밀어넣었어요. 이윽고 알렉이 이고르를 직접 묻게 해달라고 허락을 구했죠.

새들은 우리의 감정을 헤아리지 못했어요. 새들은 지저귀기 위해 태어났죠. 커다란 떡갈나무 가지 위에 울새 두 마리가 앉아 있었어요. 우리에게 다가온 여름을 축하하고 있었죠. 전쟁터에서도 새들이 지저귈까요? 유죄를 선고받고 총부리 앞에 선 사람의 머리 위에서도? 새들은 노래를 지저귀었어요. 듣기 좋은 노래로 스스로를 과시했어요.

어렴풋한 삽질 소리가 나를 다른 곳으로 데려갔어요. 엄마의 장례식장, 내가 가지 못했던 그곳, 내가 결코 가지 못할 그곳으로요. 내가 경험하지 못한 시간으로요. 이번에 우리는 장난감도 이고르의 밥그릇도 불태우지 않을 거예요. 이고르는 놀이를 좋아해 조그만 빨간 공에 이빨로 구멍을 뚫어놓았죠. 그 공은 시간으로부터 잊혀 알렉의 베개 옆 선반 위에 머물 거예요.

이고르의 냄새가 알렉 가족의 큰 집안에 영원히 떠다닐 거예요.

종업식 날이 되었어요. 다들 운동장에 모였죠. 선생님들은 사방으로 뛰어다니는 아이들을 감독하는 일은 제쳐놓고, 한구석에 모여 뭔가 의논했어요. 여름방학이 시작되려 해요. 종업식 날은 한 학년 동안 받은 벌이 모두 집약되는 날이죠. 게다가 날씨가 너무 더워 교실 안에 틀어박혀 공부하는 건 말도 안 될 일이었어요. 장 마르크 자네티는 평소처럼 극성을 부렸어요. 학교 건물 빗물받이 홈통을 타고 거의 지붕까지 기어올라갔죠.

참사가 일어날 거라는 걸 아무도 의심하지 않았어요. 나는 당황하지 않고 알렉과 함께 그 미친 녀석을 쳐다보았어요. 어차피 그렇게 된 이상, 우리는 내기를 걸었어요. 만약 저기서 떨어진다면 장 마르크는 죽을 거라고. 이것이 내 생각이었어요. 장 마르크는 쩔쩔매며 기어올라가느라, 남들의 관심을 끌 생각도 하지 못했어요. 여자애들은 화장실 옆에서 장딴지 높이에 고무줄을 걸쳐놓고 놀았죠. 한쪽 다리로 고무줄을 뛰어넘고, 성공하면 고무줄 높이가 점점 높아지는 놀이예요. 엉덩이 높이에서 팔 아래 높이까지 뛰어넘는 거죠. 그러다가 일정 높이에 다다르면, 더이상 고무줄을 넘을 수가 없어요. 클로딘이 거기에 있었어요. 클로딘은 내가 자기를 보고 있는지 확인하려고 나를 쳐다봤어요. 나는 클로딘 앙리크가 참 좋아요. 무척 상냥하거든요. 그애의 오빠 피피 형처럼요.

클로딘과 피피 형은 나와 많이 친하진 않아요. 하지만 둘 다 내 친구들이고, 그 두 남매의 엄마가 엄마를 무척 좋아했죠. 그 아빠에 대해 말하면, 정말로 독특한 분이에요. 이 이야기를 잘 들어보세요, 정말로 괴상한 이야기니까요. 그 아저씨는 여러 해 전부터 우체국 옆에 있는 자기 집 차고 안에서 몰래 비행기를 만들었어요. 엔진과 날개가 있는 진짜 비행기 말이에요. 피피 형이 나에게 알려주었죠. 그것이 비행기가 아니라면 좋았을 거예요. 때가 거의 되었어, 피피 형이 자신 있게 말했어요. '찰리'가 하늘을 날 때 난 그 자리에 있을 거야! 그 비행은 실패하지 않을 거야!

지난 겨울에는 눈이 온 세상을 뒤덮었죠. 눈이 끝도 없이 내렸어요. 우리는 마을 위쪽 숲으로 썰매를 타러 갔어요. 클로딘, 피피 형 그리고 나요. 하얀 땅이 끝도 없이 넓었어요. 두껍게 쌓인 눈 속에 장화가 푹푹 빠졌죠. 콧구멍에서는 담배 피우는 어른들처럼, 추위 속에서 전력을 다해 달리는 말들처럼 콧김이 새어나왔고요. 숲의 감시인인 키 크고 튼튼한 나무들조차도 팔 끝에 내려앉은 무거운 눈가루에 힘겹게 저항했어요. 갑자기 나무들 중 하나가 비틀거렸고, 우리는 코 가장자리에 큼직한 눈덩이를 맞았죠. 하늘 높이 날다가 먹잇감을 놓쳐버린 독수리처럼요. 우리는 웃음을 터뜨렸고, 그 웃음소리가 아주 멀리까지 퍼져 나갔어요. 그런 추위가 몸안에 들어오면 마치 불처럼 느껴지죠. 그건 마치 알코올처럼 불타올라요. 감탄할 만하죠. 말하자면 생명을 지닌 것처럼 얼굴을 마구 핥아요. 이때만 해도 엄마가 아직 우리들 가운데 있었죠. 정확히 말하면 병원에 있었어요, 아직 살아서.

클로딘과 피피 형 집안 사람들은 물건을 만드는 재주가 있어요. 부모님에게서 물려받은, 나무로 만든 진짜 썰매도 있죠. 부모님은 그걸 조부모님에게서 물려받았대요. 그러니까 클로딘과 피피 형은 그 썰매를 증조부모님에게서 물려받은 거예요. 상상해봐요, 엄마. 우리집에는 그런 썰매가 없죠. 하지만 할아버지가 삽으로 멋진 썰매를 만들 수 있다고 말해줬어요. 함께 탈 사람이 많을 때는 냉장고 문짝이 안성맞춤이고요. 우리는 비탈길 꼭대기로 냉장고 문짝을 끌어올린 뒤, 네다섯 명씩 올라탔죠. 문짝 위로 기어올라간 뒤 쏜살같이 달려 내려갔어요. 중간에 멈추기란 불가능했죠. 다 타고 내려가면 각자 알아서 주위를 살폈어요. 옆으로 폴짝 뛰어내려야 하니까요. 그리고 나면 '문짝 썰매'는 제 갈 곳으로 미끄러져 갔죠!

피피 형이 정찰을 하러 출발했어요… 사실 형은 썰매 트랙을 만들고 싶어했죠. 클로딘과 나는 피피 형 뒤에서 꽤 오랫동안 나란히 걸었어요. 나는 말없이 클로딘의 손을 잡았죠. 아니, 클로딘이 내 손을 잡았나? 어쨌든 우리는 그렇게 계속 걸었어요. 그리하여 언덕 꼭대기에 다다랐고, 잡았던 손을 놓았죠. 언덕에 도착하자, 피피 형은 눈에 보이는 것이 없는 사람처럼 굴었어요. 그러다가 언제 그랬는지 모르게 정상으로 돌아왔죠. 이유는 모르겠어요. 거기서, 모든 것을 깨끗하게 만드는 하얀 눈 속에서 기분이 마냥 좋았기 때문일까요. 우리는 학교에 가지 않은 그날의 기쁨을 우리의 방식으로 그렇게 축하했어요. 나는 행복했어요. 정말로요. 맹세해요.

장 마르크 자네티는 끝까지 떨어지지 않았어요. 학교 건물 꼭대기에서 떨어지지 않았죠. 두려움을 이겨냈고, 벽을 따라 미끄러져 내려와, 아스팔트에 등을 대고 뒤로 착지했어요. 장 마르크는 함성을 질렀어요. 선생님들이 걱정하며 다가왔죠. 지켜보던 아이들도요. 심지어 카롤까지. 그 순간 사람들의 관심을 다른 데로 돌리려면 누군가 죽거나 해야 했을 거예요! 장 마르크 자네티는 궁지에서 벗어났어요. 다친 데라고는 찢어진 청바지 밑으로 보이는 가벼운 찰과상뿐이었죠. 그래도 야단을 맞았어요. 장 마르크는 카즈 선생님 뒤에서 악당 같은 표정으로 빙긋이 웃었죠.

최악의 소식이에요.

비극이죠.

이번 여름방학에 지나 누나와 함께 여름 캠프에 가야 한대요. 산드라 누나와 아빠가 방금 전 나에게 알려줬어요. 그건 정말이지 사형 집행이나 다름없어요. 왜요? 왜냐고요? 난 전혀 가고 싶지 않으니까요. 얼마 전 엄마가 떠났고, 게다가 아빠와 떨어져 지내야 하잖아요? 난 가지 않을 거예요. 알지도 못하는 아이들과, 내 삶과 아무 상관없는 아이들과 함께 지내고 싶지 않아요. 우리집에서, 형 침대 아래에 있는 내 조그만 침대에서 잠을 자도록 나를 좀 내버려두면 좋겠어요. 중요한 건 그것뿐이에요.

알렉도 나와 똑같은 곤경에 처했어요…. 두 달 예정으로 쥐라

지역의 캠프로 떠난대요. 그러니까 두 달 동안 알렉을 보지 못하는 거예요! 나는 쥐라 지역에 대해 아무것도 몰라요. 하지만 아무튼 거기에 캠프용 건물 한 채가 있대, 알렉이 나에게 말했어요. 이 이별은 날 힘들게 해요. 조잡한 공동 침실의 낯선 침대들 사이에서 잠을 자다니 말도 안 될 일이에요. 내 능력을 벗어나는 일이죠. 나는 떠날 수 없어요. 사람들은 아빠가 시간을 가지며 정신을 추스르고 상황을 명확히 판단하게 해줘야 한다고 나에게 말했어요. 그리고 나도 다른 것들을 접하고 다른 사람들을 만나봐야 한대요. 무엇을 위해서요? 잊기 위해서요?

엄마를 잊기 위해서요? 사람들은 엄마가 내 기억에서 지워지길 바라요! 하지만 난 그러고 싶지 않아요. 이미 끝난 일이니 페이지를 넘겨야 한다는 말인가요? 하지만 그 페이지는 온통 엄마의 얼굴로 가득한 걸요. 엄마가 죽어서 관 속에 있다 해도, 다 끝났다 해도. 서른 살, 마흔 살, 백 살이 돼도, 늙고 주름이 져도, 엄마는 내 곁에, 아주 가까이에 있을 거예요. 나는 엄마를 어루만질 거고, 엄마는 나에게 이야기할 거예요. 엄마의 얼굴을 환히 밝히는 그 미소를 띤 채 계속 나에게 이야기할 거예요. 여전히, 한결같이, 그리고 영원히. 죽음은 존재하지 않아요.

그리고⋯. 혹시 내가 침대에 오줌이라도 싸면 사람들이 뭐라고 할까요? 다들 나를 놀릴까요? 한 달은 금방 지나간대요. 이 말을 너무 많이 들었어요. 그 사람들한테는 긴 시간이 아니겠죠! 우리는 꼬마 브루노를 여름 캠프에 보내 좀 떼어놓고 싶어.

우린 그애를 쫓아버리고 싶어. 엄마, 그 사람들이 정말로 그렇게 하도록 가만히 놔두지 않을 거죠!

개미 한 마리가 눈에 띄었어요. 나는 할아버지가 수집한 우표들을 넣어두는 서랍에서 확대경을 꺼내 그 개미를 공들여 조준했어요. 햇빛이 확대경을 통해 모여 레이저 검으로 변했어요. 그 개미는 도망칠 곳이 없었죠. 자기 친구들에게 돌아갈 수가 없었어요. 도망치려 했지만 너무나 무서워했어요. 잠시 후, 갑자기 개미가 체념하고 멈춰 섰어요. 상황을 깨달은 것 같았죠. 개미는 신중하게 머리를 들어올리더니, 조그만 눈으로 자신의 사형 집행인을 응시했어요. 살려달라고 애원하는 걸까요? 내 귀엔 네 목소리가 안 들려, 개미야. 나는 집중했어요. 레이저 검으로 개미의 등을 계속 조준했지요. 아직은 처형을 중단할 수 있어요. 멈출 수 있어. 멈춰야 해! 아직 시간이 있어. 멈춰, 멈춰! 개미의 몸에서 연기가 피어올라요. 다 끝났어요.

나는 여섯 살짜리 괴물이에요. 난 울면서 바닥에 털썩 주저앉았어요. 내 조그만 희생양의 시체 앞에 앉아 신음했어요. 내가 개미 대신 죽었어야 해요. 내가 왜, 왜 그랬을까요?

땅바닥에서 조약돌 하나를 집어들어 확대경의 유리를 힘껏 내리쳤어요. 확대경의 볼록한 표면에 왔다갔다하며 줄을 박박 그었어요. 이제 확대경 표면은 스케이트화들이 수없이 왔다갔다해서 곳곳에 스크래치가 생긴, 하루 끝 무렵의 스케이트 링크 같아요. 할아버지의 서랍 안에 확대경을 다시 가져다 넣었을 때 나를 본 사람은 아무도 없었어요.

아빠가 나에게 왜 친할머니 집에는 자주 가지 않느냐고 물었어요. 또다른 할머니인 필라 할머니 집요. 그 이야기를 할 때, 아빠는 마음 아파해요. 많이 아파해요. 아빠는 내가 필라 할머니랑 가까워지길 바라거든요. 특히나 필라 할머니는 아주 가까이에, 엎어지면 코 닿을 곳인 저 앞 광장에 사니까요. 필라 할머니는 무척 작고, 가냘프고, 상냥하고, 용감해요. 하지만⋯. 할머니는 말을 하지 않아요. 할머니의 그런 조용함이 이상하게 생각되지는 않아요. 그래요. 필라 할머니는 집안에서 혼자 하루를 보내고, 마치 동굴 안에 갇힌 것처럼 생각들에 갇힌 채 말을 잘 하지 않아요. 커다란 비밀이라도 간직하고 있는 것처럼. 내가 최대한 귀를 기울이면, 할머니가 말하는 단어들이 강한 스페인어 악센트 속에 잠겨버리죠. 나는 가끔 할머니의 입에서 나오는 말들을 전혀 이해하지 못해요. 난 필라 할머니를 사랑해요. 하지만 그걸 할머니에게 어떻게 말해요? 이렇게 힘센 아빠를 나에게 줘서 고맙다고 어떻게 말해요? 이렇게 힘이 센⋯.

엄마는 절대 필라 할머니처럼 늙지 않는 거죠? 오늘은 6월 28일이에요. 내 생일요. 일곱 살이 된다고 생각하니 기분이 좋지 않아요. 계속 여섯 살이면 좋겠어요. 여섯 살이 좋아요. 내가 여섯 살일 때는 엄마가 아직 살아 있었으니까요. 집에서 모두들 나를 기다려요. 생일인 나를 깜짝 놀라게 해주려고요. 알도 형은 머리카락까지 팔았어요. 하지만 난 집에 가지 않을 거예요. 그럴 힘이 없어요. 난 필라 할머니 집에 있을 거예요. 할머니가 새처럼 작은 두 팔로 나를 꼭 안아요. 할머니의 조그만 뼈들이 느껴져요. 그 뼈들이 내 몸에 부딪혀 부서질 수도 있을 것 같아요. 스텔라 할머니가 끌어안으면 나는 숨이 막혀요—진짜 열기구 풍선이 내 호흡을 짓누르는 것처럼요. 아뇨, 난 필라 할머니 집에서 꼼짝도 하지 않을 거예요. 스페인 할머니의 뾰족하지만 온화한 무릎 위에서 벌써 잠들었어요.

"잘 자라, 잘 자라, 귀여운 카나리아…."

멋진 군복 차림의 주세페 할아버지가 우리 위 사진 속에서 내 모습을 내려다봐요. 하지만 이건 비밀이에요.

필라 할머니는 오렌지색 축구 유니폼 셔츠를 나에게 생일 선물로 줬어요. 카탈로그에서 고른 네덜란드 팀 유니폼이죠! 하지만 내가 가장 좋아하는 선물은 오후 끝 무렵까지 그렇게 끌어안고 있는 거예요. 잠들기 전, 할머니가 내 정수리를 손가락으로 긁어주었어요. 난 할머니가 영원히 그렇게 머리를 긁어주기를 바랐죠. 저녁 식사 시간이 거의 다 되었을 때, 아빠가 나를 데리러 왔어요. 나에게 깜짝 생일 파티를 해주려고 사람들이 오후 내내 사방으로 나를 찾으러 다녔대요. 깜짝 파티 같은 건 필요 없다고 어떻게 말하죠?

아빠와 할머니가 스페인어로 장황하게 이야기를 나눴어요. 그런 다음 아빠는 큼직한 손으로 내 조그만 손을 잡고는 아무 말 없이, 나를 나무라지도 않고 집으로 데려갔죠. 심지어 정반대였어요. 아빠는 나에게 미소를 지었어요, 거인 아빠의 미소요. 집에 가기 전 나는 할머니와 포옹했어요. 아빠는 우리가 함께 있는 것을 보고 너무나 기뻐했죠. 자신의 막내아들과 엄마 말이에요. 집안에는 아무도 보이지 않았어요. 탁자 한가운데에 케이크가 손도 대지 않은 채 놓여 있고, 주위에 빈 접시들도 있었어요. 나 때문에 사람들이 실망한 것 같았죠. 나 자신이 조금 원망스러웠어요. 내 침대 위에 가죽으로 된 진짜 럭비공이 놓여 있었어요. 반짝반짝 빛나는 새것이었죠. 이런 메모도 적혀 있었어요. '생일 축하한다, 나의 사랑하는 꼬마 브루노.' 아빠의 선물이었죠. 나는 세상에서 가장 좋은 그 선물을 가슴에 끌어안고 입을 맞췄어요. 새 가죽 냄새가 콧구멍을 강하게 간질였어요. 나는 울음을 터뜨렸죠.

내 위에서 알도 형이 빙긋이 웃었어요. 형은 새까만 작은 고양이를 품에 안고 있었어요. 무척 예쁜 고양이였죠. 아직 새끼였어요.

"너에게 주는 선물이야." 형이 나에게 말했어요. 그리고는 가르랑거리는 그 조그만 짐승을 나에게 내밀었어요. 새끼 고양이는 내 품안에 웅크렸죠.

"너를 미레유라고 부를게." 내가 말했어요.

"왜 미미라고 하지 않고?" 아빠가 물었어요.

그래요, 다른 가족들에게 이 고양이는 미미일 거예요. 하지만 내 마음 깊은 곳에서 이 고양이는 엄마와 똑같은 이름을 가질 거예요. 미레유요. 아빠는 오늘 밤 그 새끼 고양이를 데리고 내 침대에서 자도 된다고 허락해줬어요. 나는 구두 상자에 모래를 넣어 침대 발치 쪽에 임시 배변 상자를 설치했어요. 커다란 우유 그릇도 준비했죠. 나는 미레유와 함께 잠들었어요. 미레유는 내 뺨에 몸을 대고 행복하게 웅얼거렸죠. 침대 시트 밑, 내 팔 아래에는 진짜 가죽으로 된 럭비공이 있었어요….

나는 벌써부터 내 새끼 고양이가 죽을 날을 생각했어요. 고양이들은 오래 살지 못하니까요. 엄마도 오래 살지 못했죠. 미레유에게도 같은 일이 일어날까요? 네? 미레유가 죽고, 내 마음이 갈기갈기 찢길까요? 인생이란 그런 거니까요. 꿈들이 조금씩 자취를 감추고, 사랑과 기쁨이 가방 안에 무질서하게 쌓이고, 슬픔이 우리를 짓누르고, 극한으로 몰아갈까요? 우리가 비틀거리며 가지고 다니는 가방 말이에요. 그런 다음엔 추락이죠. 우리의 삶은 매 걸음마다 상처를 입어요. 미레유는 자동차에 치일지도 몰라요. 이 동네에는 고물차들이 아주 많거든요. 그런 일이 일어나면 나는 견디지 못할 거예요. 나는 여러 죽음을 겪어낼 힘이 없어요. 자동차에 치이지 않는다 해도, 무척 무서운 개가 미레유에게 달려들지도 모르고, 그런 일이 생기면 영원히 작별이죠. 맞은편 모데른 호텔의 개처럼. 정말이지 사자 같은 개예요. 앞을 지나가기만 해도 성을 내며 겁을 줘요. 물기도 하고요. 알렉도 피해를 입었어요. 무릎 바로 위쪽 넓적다리를 물렸죠.

잠에서 깨어났어요. 햇볕이 모든 것을 무차별적으로 어루만지며 우리 위로 내리쬐었죠. 나는 미레유의 눈을 들여다보았어요. 미레유에게 진실을 말해줘야 해요. 우리의 사랑은 불가능하고, 그래서 난 미레유를 사랑하기를 거부한다는 것을, 내 의무는 미레유를 사랑하지 않는 것, 지나치게 사랑하지 않는 것임을. 애착을 가지면 안 돼요. 미레유도 언젠가 죽을 테니까요. 이 순간 나는 내 행복을 음미할 권리가 없어요. 내 귀여운 새끼 고양이, 너는 내 소중한 사랑이, 내 기쁨이 될 수도 있었을 거야. 하지만 난 널 사랑할 수가 없어. 결국엔 그 행복의 대가를 치를 테니까. 난 너의 죽음을 견디지 못할 테니까. 벌써부터 너무나 큰 슬픔이 느껴져.

나는 배변 상자와 우유 그릇을 멀찍이 떼어놓았어요. 이제부터 미레유는 내게서 멀리 떨어져 잘 거예요. 식탁 옆에서요. 미레유는 거기서 살면서 생리적 욕구를 해결하고 먹이를 먹을 거예요. 미레유가 그런 내 마음을 눈치챘는지, 내 빨간 셔츠에 가느다란 발톱을 한 번, 두 번 박아넣으며 절박하게 매달렸어요. 그래도 안 돼요. 나는 미레유를 방 밖으로 내쫓고, 방문을 매정하게 닫아버렸어요. 미레유는 방 밖에서 계속 야옹거리고 조그만 소리로 나를 불렀어요. 나는 방문 아래쪽에 코를 갖다댔어요.

나도 울었어요.

알렉이 쥐라로 떠나기 전에 나를 안아주고 싶어했어요. 하지만 난 외면했죠. 엄마의 경우와 마찬가지로 상황이 전개되면, 난 알렉을 다시 보지 못할 거고, 알렉을 잃게 될 거예요. 알렉도 모든 걸 이해한 듯 내 귀에 대고 이렇게 속삭였어요. "우린 죽지 않을 거야… 절대로."

알렉이 탄 자동차가 멀어져가는 모습을 바라보았어요. 마리 조제 아주머니, 크리스, 라라, 닌은 행복해 보였어요. 심지어 알렉의 아빠 베르나르 아저씨까지 웅장한 검은색 DS 프랑스의 고급 자동차 브랜드 운전석에서 즐겁게 웃고 있었죠. 그러나 알렉은 웃지 않았어요. 차창 너머로 나에게 마지막 손짓을 보내고는 뒷좌석에 푹 파묻혀버렸죠. 그리고 나는… 나는 그 자리에 외롭게 버려진 채 침몰해갔어요. 이 긴 방학이 싫어요.

경기의 마지막 1분이에요. 공을 아스팔트 위에 내려놓고 조약돌 몇 개로 고정했죠. 나는 골대를 마주하고 선 장 피에르 로뫼예요. 파르크 데 프랑스 파리 남서쪽에 위치한 대형 경기장. 1897년에 개장했으며, 축구, 럭비 등의 경기가 열린다를 가득 채운 관중이 숨을 죽여요. 내가 페널티 골을 성공시키면, 프랑스가 영원한 적수인 영국을 이기고 그랜드슬램을 달성하는 거예요. 공이 높이 날아올랐어요. 그리고 그 공이 다시 아래로 떨어지기 전에 결과를 예측했죠. 나는 하늘을 향해 두 팔을 들어올리고 기뻐서 어쩔 줄을 몰랐어요. 행복했어요. 왕처럼 행복했어요. 뚜껑이 덮인 듯 짜증스러운 여름날의 하늘 밑, 자신의 조그만 집 아래 좁은 에콜 로에 홀로 있는 일곱 살짜리 왕요.

이렇게 기쁠 수가! 지옥으로 출발하는 나를 배웅하려고 가족들이 전부 모였어요. 알도 형이 평소처럼 날 웃기려고 얼굴을 일그러뜨렸죠. 산드라 누나는 내 소지품을 챙겨줬고요. 스텔라 할머니, 할아버지, 필라 할머니, 옥타브 작은할아버지, 마르셀 작은할머니도 왔어요. 나는 모두와 포옹을 나눴죠. 지나 누나는 캠프에 가는 걸 기뻐했어요. 어떻게 그럴 수가 있죠? 나에게는 너무나 당황스러운 일인데. 난 아무 말도 하지 않았어요. 모두 배신자들이에요.

아빠가 우리를 캠프까지 태워다줄 거예요. 생 시프리앵 마을요. 거기까지 가려면 두 시간쯤 걸린대요. 지난밤 나는 미레유와 함께 잤지만 왠지 미레유가 멀게 느껴졌어요. 미레유는 뭔가

짐작하는 듯했죠. 미레유도 그걸 느끼고 있었어요. 가르랑거리
지도 않았어요, 내가 낯선 사람인 것처럼. 게다가 미레유는 내
곁에서 사라져버렸어요. 내가 불을 끄자마자, 다른 데로 가서
웅크렸죠. 미레유가 보낸 마지막 메시지는 분명했어요. 가죽으
로 된 내 공을 발톱으로 할퀴었거든요. 알도 형이 자기가 미레
유를 돌보겠다고 말했어요. 하지만 나는 그 말을 절반 정도만
믿을 수 있었어요.

　출발했어요. 자동차가 아스팔트 위를 천천히 미끄러지기 시
작했죠, 거의 소리도 내지 않고. 난 뭔가를 잊었어요, 내 마음요
—심각할 건 없어요, 별일 아니에요. 카페 앞을 지나가면서, 나
는 사람들의 얼굴을 마지막으로 바라보았어요. 나는 그들을 잘
알아요. 그들은 내 삶의 전부죠. 심지어 선술집 주인, 마음이 망
가진 그 사형 집행인조차 거기에 포함돼요. 노르스름해진 엽서
속 풍경이 내 눈앞에 펼쳐졌어요. 나는 이 동네를 영원히 떠날
듯한 예감에 사로잡혔죠. 이정표에 적힌 베르네레뱅이라는 글
자가 눈에 들어왔어요. 카롤은 나에게 인사하러 오지 않았죠.
하기야 무슨 소용이 있겠어요? 내 손등에서 C와 B가 사라졌는
데. 설령 카롤이 왔다 해도 난 그애에게 한마디도 하지 못했을
거예요. 그애에게 미안하다고 말할 용기도, 사랑한다고 말할 용
기도 이제는 없어요. 모든 걸 주었고, 모든 걸 잃었어요.

　끝없는 길을 두 시간 동안 달려갔어요. 그러는 동안 나와는 다
른 사람들이 사는 비슷비슷한 마을들을 차례로 지나갔고요. 이

마을 어딘가에도 엄마를 잃은 아이가 있을 거예요. 아니면 저 마을에 있든가요. 그것도 아니면 어디에도 없는지도 모르죠. 세상에서 나 혼자만 엄마가 떠난 것을 슬퍼하고 있을까요? 내가 특별히 선택된 걸까요? 나 혼자만? 나는 세상에서 가장 외롭고 가장 슬픈 아이인 걸까요.

아빠는 조용했어요. 이따금 한마디씩 내뱉을 뿐이었죠. 아빠는 난처해했어요. 피부의 모공마다 땀이 솟아나왔죠. 아빠는 완전히 절망해 있었어요. 낯선 장소, 한 번도 본 적 없는 사람들에게 자식 두 명을 버리러 가는 길이었으니까요. 아빠는 가끔씩 룸미러를 통해 애처로운 눈길로 나를 힐끔거렸어요. 아빠가 어떻게 혼자 싸우겠어요? 응, 엄마? 엄마 아빠가 함께 쓰던 커다란 침대에서 혼자 자는 걸 어떻게 견디겠어요? 난 가끔 엄마 아빠의 침실 문에 귀를 대봐요. 그러면 아빠의 거인 같은 울음소리가 벽을 통해 들려오죠. 울지 마요, 아빠, 나의 사랑하는 아빠.

끝이 없는 그 길 위에서 아빠가 이야기 할 때, 아빠가 발음하는 단어들을 슬픔이 절반쯤 잠식해버렸어요. 우리는 뒷좌석 귀빈석에 앉아 있었죠. 하지만 마치 영구차 안에 앉은 기분이었어요. 우리는 우리의 아픈 가슴과 같은 색조를 지닌 침통한 풍경을 통과했어요. 지나 누나는 조용했어요. 아빠가 누나에게 나를 잘 돌보라고 말했어요. 막내를 혼자 두면 안 되고 잘 감독해야 한다는 거죠. 이를테면 나는 밥을 잘 먹어야 해요. 누나가 나를 보며 빙긋이 웃었어요. 누나는 거기서 어떻게 지낼까요? 엄마에게서, 우리집에서 멀어져 어떻게 행복하게 지낼까요? 우리가 영원히 함께 지내야 할 그 피난처에서.

'아브리코티에Abricotiers, 살구나무.'

이 글자들이 주황색 페인트로 굵게 적혀 있었어요. 넓은 뜰에는 벌써 사람들이 거의 다 모여 있었고요. 어른들, 아이들, 심지어 나보다 더 어린 아이들도 있었어요. 하지만 그 낯선 아이들은 나에게 전혀 중요하지 않았어요. 나는 그 아이들과 함께 있어야 했어요. 어른 한 명이 아빠에게 인사한 뒤 나에게 미소를 지었어요. 나를 담당할 교관 크리스티앙 르 모노였죠. 말하자면 방학 동안 너의 아빠야, 그가 쾌활한 표정으로 말했어요… 그 입 다물어요! 나에게 아빠는 한 명뿐이고, 난 곧 여길 떠날 거라고요. 크리스티앙 르 모노가 나에게 손을 내밀었어요. 하지만 그는 내 손을 잡지 못할 거예요. 내 이름이 뭐냐고? 난 대답하지 않고 가만히 있었어요. 대답 대신 눈으로 쏘아보기만 했죠. 정말이에요. 엄마에게, 지구 전체에 맹세해요. 난 한마디도 하지 않을 거예요. 이 감옥 안에서 나는 절대로 말을 하지 않을 거예요. 나는 배신자가 아니니까요.

지나 누나는 벌써 뜰 안쪽에 가 있어요. 나보다 큰 형, 누나들과 함께요. 누나는 벌써 5분 전부터 이를 활짝 드러낸 채 모르는 사람들과 농담을 나누고 있어요. 난 이해가 되지 않아요. 아빠가 마지막으로 나를 끌어안았어요. 다른 부모들은 벌써 떠나고 없어요. 나는 아빠에게 매달렸어요. 아빠도 나와 똑같이 하고 싶어한다는 느낌이 들었어요. 울고 또 우는 거요. 하지만 아빠는 그럴 수 없죠. 아빠는 그럴 권리가 없어요. 이윽고 아빠가 멀어져갔어요. 나는 아빠를 부르고 애원하고 싶었지만, 내 입에서는 한마디도 나오지 않았어요. 캠프 입구의 낮은 담장을 따라 나 있는 키 작은 갈대들 뒤로 아빠의 윤곽이 마지막으로 보였어요. 아빠가 자동차에 올라탔죠. 우리 자동차가 거기에 있는 걸 보니 기분이 이상했어요. 항상 우리집 앞에 세워져 있는 것만 봤으니까요. 갑자기 아빠가 다시 차에서 내려 보닛 위에 두 손을 얹고 차문 가장자리에 이마를 댔어요. 그리고 울었어요. 아빠가 울었어요, 정말이에요. 엄마. 내 새로운 감옥 뒤 길 끄트머리에서 우리 아빠가 울었어요.

나는 이 감옥에서 여름방학을 보내게 될 거예요. 이곳의 공동 침실이 나의 새로운 집이죠. 방 한가운데에 통로가 있고 스무 개의 침대가 마주 놓여 있어요. 끄트머리에 칸막이가 있고, 칸막이 뒤에는 교관 크리스티앙의 침대가 있고요. 나는 다른 아이들이 모두 침대에 자리잡기를 기다렸어요. 그런 다음, 남아 있는 마지막 침대 위에 내 빨간색 여행 가방을 올려놓았죠. 당신들 마음대로 아무 데나 나를 데려다놔요. 나는 상관없으니까. 내가 얼마나 신경 안 쓰는지 당신들이 알면 좋으련만.

어색한 상황은 오래가지 않았어요. 곧 무리들이 만들어졌죠.

정말 웃겼어요. 겁에 질린 꼬마 하나가 침대 밑에 숨었어요. 그리고 몸집이 가장 큰 어떤 아이가 그 꼬마를 몰아댔죠. 몸집 큰아이는 긴 베개로 꼬마의 머리를 후려치려 했어요. 그 사냥꾼은 잔뜩 쉰 목소리로 으르렁거리고, 웃고, 희희낙락했어요. 아이의 목소리가 아니었어요. 그 아이가 얼마나 흉측한지는 오직 하느님만 아실 거예요! 검은 금속테의 두꺼운 안경 뒤로 보이는 눈은 사시였어요. 안경알이 꼭 할아버지의 확대경 같았죠. 그 안경알 때문에 눈이 커다랗게 보였어요. 그 커다란 눈을 사방으로 뒤룩뒤룩 굴렸죠.

"윌리, 그만해!"

"윌리, 하지 마!"

"윌리, 그애를 가만히 놔둬!"

크리스티앙이 그 아이를 꾸짖었어요. 하지만 소용없었죠.

그러니까 그 괴물의 이름이 윌리였어요. 금발의 꼬마가 숨어 있던 곳에서 기어 나왔어요. 눈에 눈물이 고여 있었죠. 길을 잃고 흠뻑 젖은 한 마리 새 같았어요. 여름방학의 멋진 시작이에요, 안 그래요? 난 그 꼬마를 잘 모르지만 벌써 조금 좋아하고 있었어요. 난 항상 패자들 편이니까요. 크리스티앙이 그 꼬마를 달래려 했어요. 꼬마는 꽤나 절망한 것 같았죠. 나처럼 일곱 살쯤 된 것 같았지만 마음이 여려 보였어요. 마치 아이의 모습을 축소한 모형 같았어요. 조금만 잘못 건드려도 찢기거나 불에 타버리는, 종이로 된 아이 같았죠.

"다 괜찮아질 거야, 뤽." 크리스티앙이 감히 끌어안지는 못하고 그 꼬마에게 말했어요.

뤽과 윌리. 이 낯선 아이들 중에 벌써 두 명을 알게 됐어요. 하지만 두 명도 성가셔요.

"뤽, 거꾸로 돌아 엉덩이를 대봐!" 윌리가 의기양양하게 외쳤어요.

못되기로는 일등인 윌리는 격한 기쁨이 가득한 거짓된 눈빛으로 자기 침대 위에 서 있었죠. 모두들 윌리의 짓궂은 장난을 재미있어했어요. 나는 아니지만요. 크리스티앙이 그 얼간이의 팔을 붙잡아 공동 침실 밖으로 힘겹게 끌고 갔어요. 윌리는 저녁까지 원장실에 붙잡혀 있었죠. 우리는 소지품을 정리했어요. 침대 옆에 각자의 서랍장이 마련돼 있었어요. 내 여행 가방 안, 깔끔하게 접힌 옷가지들 사이에 엄마 아빠의 결혼사진이 있었어요…. 산드라 누나… 나는 오른쪽, 그리고 왼쪽을 보았어요. 나를 보는 사람은 아무도 없었죠. 나는 사진을 품에 한번 껴안은 다음, 반팔 셔츠 두 벌 사이에 정성껏 숨겼어요. 그리고 결정을 내렸죠. 침묵을 지키기로요. 난 이 여름 캠프에서 절대 말을 하지 않을 거예요. 첫 식사를 하러 다들 모였어요. 구내식당이 아이들의 고함소리로 요동쳤죠. 그야말로 난장판이었어요. 지나 누나도 거기에, 큰 형과 누나들 사이에 있었어요. 누나는 무척 행복해 보였고, 벌써 잘 적응하고 있었죠. 방금 전 누나가 나에게 눈을 찡긋거렸어요. 그게 다였죠.

수염을 기른 나이든 원장 선생님이 우리를 통솔했어요. 원장 선생님은 품위가 없었어요. 그에 비하면 우리 아빠는 얼마나 잘 생겼는지 새삼 깨달았죠. 원장 선생님이 입을 열자마자 구내식당 안이 조용해졌어요. 우리는 원장 선생님의 이야기를 주의 깊게 들었죠. 윌리만 빼고요. 윌리는 축축한 빵조각을 동그랗게 뭉쳐 가여운 꼬마 뤽에게 끈질기게 던지고 있었어요. 콧구멍에 콧물을 매단 채로요.

원장 선생님은 나쁜 사람처럼 보이진 않았어요. 원장 선생님의 목소리가 교관들이 그럭저럭 감독하고 있는 탁자들 위로 솟구쳐올랐어요. 여름 캠프의 일정표는 이래요. 7시에 일어나 세면을 하고, 아침을 먹고, 여러 가지 활동을 하고, 점심 식사를 하고, 낮잠을 자고, 해변에 가서 놀고, 7시에 저녁 식사를 하고, 모임을 갖고, 9시에 취침.

나는 몸을 좌우로 흔들었어요.

내 침대에서는 천창天窓이 올려다보여요. 내가 도망칠 창문이죠. 나는 도망칠 거예요. 더이상 여기서 지내지 않을 거예요, 두번 다시 여기로 돌아오지 않을 거예요. 나는 내 방에서 지낼 거예요. 우리 마을에 있는 소중한 집, 내가 사랑하는 우리집 안 내 방에서요. 알도 형이 내 바로 위에서 자고, 아빠, 산드라 누나,

지나 누나도 모두 가까이에 있는. 나는 내 방 창문을 소리 없이 열고 학교 운동장이 내려다보이는 지붕으로 올라가, 서늘한 타일 위에 길게 누워요. 달을 올려다보며 미소지어요. 와, 알렉이 거기에 있어요! 알렉이 내 옆에 길게 눕네요. 알렉도 달을 보며 미소지어요. 알렉은 나를 사랑해요. 나는 그걸 알아요. 오늘 밤 우린 운이 좋아요. 수많은 별들이 달을 둘러싸고 있어요. 타일에서 희미한 소음이 나요…. 이번에는 카롤이 우리 둘 가운데에 앉았다가 지붕에 등을 대고 누워 다리를 쭉 뻗고는, 내 손을, 이어서 알렉의 손을 잡아요. 카롤은 달에서 눈을 떼지 않아요. 카롤은 밤의 아이예요.

오래된 성벽이 내뱉은 무시무시한 음악이 내 머릿속에서 폭발해요. 지독한 자명종 소리에 잠에서 깨어난 마리오네트들의 조그만 머리가 하나씩 차례로 일으켜세워져요. 나도 거기에 있어요, 거기에 잘 있어요. 여름방학의 시작이에요. 내 조그만 침대는 온통 젖어 있어요.

침묵의 나날들이 이어져요. 나는 무리하지 않아요. 크리스티앙도 나를 무리하게 몰아대지 않았어요.

어느 날 아침 크리스티앙이 나에게 말했어요. "네 엄마 일 나도 알고 있다."

'아뇨. 선생님은 아무것도 몰라요.'

나는 속으로만 이렇게 생각하고 대구하지 않았어요.

크리스티앙은 내 젖은 침대 시트를 더러워진 속옷을 모아두는 바구니 밑에 감추도록 도와주었어요. 다른 사람들은 전혀 의심하지 못했죠. 적어도 난 그러기를 바랐어요. 어쨌든 윌리의 침대 위에 자리잡고 카드놀이를 하는 무리 앞을 내가 지나갈 때, 그애들은 아무 말도 하지 않았어요. 윌리는 정말 위세 등등한 대장이에요. 하지만 난 그애의 권력 같은 거 상관하지 않아요. 난 침대에 쉬했어요. 그래서 그게 뭐요?

화장실에 가서 엄마 아빠의 사진을 티셔츠 밑에서 꺼냈어요. 사진 속 엄마 아빠는 젊네요. 너무나 젊어요. 엄마 아빠는 행복해 보여요. 눈물이 나요. 눈물 몇 방울이 내 양쪽 뺨에 흘러내려요.

"브루노! 제발 문 좀 열어라, 브루노!"

크리스티앙이 문 뒤에서 나를 불렀어요. 나는 변기 밑 서늘한 타일 바닥에 머리를 박고 누워 있었죠. 얼마 동안이나 그렇게 누워 있었는지 모르겠어요. 난 사진을 손에서 놓지 않을 거예요. 계속 이 안에 머무를 수도 있어요.

이곳에서의 생활은 대충 이래요. 오후에 미니버스를 타고 다 같이 해변에 가요. 버스 안에서 큰 소리로 떠들고, 교관이 가르쳐준 바보 같은 노래들을 불러요. 땀범벅이 되어 흥분해서 발을 구르며 고래고래 노래를 불러요.

"1킬로미터를 걸으면 닳아, 닳지. 1킬로미터를 걸으면 신발이 닳아… 2킬로미터를 걸으면…"

아이들은 이런 바보 같은 노래를 부르며 깔깔댔어요.

엄마는 음악이 무엇인지 잘 알았죠. 비발디의 〈봄〉 같은 음악이요. 그런데 이곳은 그런 아름다운 음악과는 아무 관련이 없어요. 이 지능 떨어지는 아이들 속에서 그 노랫소리가 들리지 않는다면 참 좋을 텐데요. 그 음악은 엄마를 위해, 우리를 위해 간직해둬요. 그 음악은 우리 거예요.

행복은 햇빛에 고정된 채 해변에 무리지어 붙어 있는 것 같아요. 그리고 우리는 모래사장이나 보기 흉한 비치타월 위에 앉아 있지 않을 때도 우리가 개구쟁이인 것을, 여러 색의 파리들처럼 이곳저곳으로 흩어지는 것을 기뻐해야 하고요. 그렇게 온갖 종류의 수영복들이 축제 때 날리는 색종이 조각처럼 해변을 수놓았어요. 아이들은 해변을 왔다갔다하고, 큰 소리로 노래하고, 고함을 질러댔어요.

오늘 아침, 나는 일부러 수영복을 캠프에 놓아두고 해변으로 왔어요. 깜빡 잊은 척했죠. 교관은 확성기처럼 크게 소리를 지르며 우리 모두가 규율을 지키도록 독려했어요. 윌리는 평소처럼 바보 같이 굴었죠. 수영도 할 줄 모르면서 물속에 뛰어들더니, 자취를 감춰버렸어요. 크리스티앙이 그 얼간이 녀석을 구하러 가서 깊은 물속에서 끌어내 해변까지 끌고 오고, 거의 익사하다시피 한 그 녀석으로 하여금 기침을 하게 만들어야 했죠. 기침하며 물을 토해내는 모습이 마치 죽으려고 뭍으로 올라온 늙은 바다표범 같았어요. 비열한 녀석, 너같은 녀석은 죽는 게 더 나을 텐데. 그 일로 그 녀석은 해변의 최고 인기남이 되었어요. 모두가 그 녀석의 빨간 얼굴을 뚫어져라 바라보았죠. 나만 빼고요. 녀석의 조무래기 중 한 명이 넘실대는 파도 위에서 우스꽝스럽게 밀려다니는 그 녀석의 안경을 주워왔어요. 안경을 쓰지 않은 녀석의 얼굴은 정말 괴물 같았죠. 훨씬 더 이상했어요. 작은 눈이 정말 가관이었죠. 물속에서 광란을 부린 탓에, 그 녀석은 모래, 콧물, 물과 소금으로 이루어진 역겨운 가면을 아직 얼굴에 쓰고 있었어요. 크리스티앙이 그 녀석을 조용히 한쪽으로 데려갔어요. 하지만 잘못 생각한 거였죠. 갑자기 녀석이 웃음을 터뜨렸어요. 그 걸걸한 웃음소리에 다른 아이들도 따라 웃었죠. 그건 어린아이가 할 행동이 아니었어요.

난 공놀이에 참여하지 않았어요. 가방들 사이에 조용히 앉아 있고 싶을 뿐이었죠. 내가 할 일은 아무것도 없었어요, 그저 똑바로 앞만 바라볼밖에. 크리스티앙은 별로 걱정하지 않고 나를 내버려두었어요. 멀리서 뭔가가 살그머니 다가와 나를 타고 올라왔어요. 나는 중얼거렸어요. 내 목소리를 시험해봤어요. 목소리가 아직 살아 있는지 확인했어요.

"잘 자라, 잘 자라, 귀여운 카나리아…"

하루하루를 채우는 고요함 속에서 또다른 목소리가 길을 내 입을 통해 흘러나왔어요. 미지의 목소리, 더 날카로운 목소리였죠.

간식 시간이에요. 간식으로는 초코바나 과일 젤리가 나오죠.

선택을 할 수 있어요. 아이들은 모두 초코바 쪽으로 몰려들어요. 크리스티앙은 아이들이 달려드는 와중에 초코바 상자를 여느라 고생해요. 빵 남은 것이나 파이 조각도 있어요. 나는 빵을 먹고, 나머지 것들은 모래 속에 파묻었어요. 과일 젤리는 싫어요. 사람들은 나를 물놀이에 보내지 않을 거예요. 나는 한마디도 하지 않고 예정된 활동들을 거부하는 비밀스러운 기쁨을 누리는 중이에요. 아마 캠프 사람들은 나를 머리가 돈 애로 여겼을 거예요. 몇몇 사람들은 내가 말을 못 한다고 생각했을 테고요! 머리가 돈 애로 봐주세요. 여기에 더 오래 있으면 결국 그렇게 될 테니까요.

크리스티앙은 아이들을 감독하느라 힘들어했어요. 교관들은 모두 부풀어오른 완장을 차야 했고, 크리스티앙은 전전긍긍했죠. 그게 그 사람의 직업인데도요! 크리스티앙은 왜 그 직업을 선택했을까요? 조무래기들을 밤낮으로 돌보는 것, 하루 24시간 동안 아이들의 안전을 살피는 것이 뭐가 좋다고요? 얼간이 같으니라고. 그건 얼간이들과 함께하는 얼간이 같은 일이에요. 나는 아이들이 물속에서 발버둥치는 모습을 멀리서 바라보았어요. 학교 지붕에 기어올라간 장 마르크 자네티라는 또다른 무모한 녀석을 놓고 알렉과 했던 내기를 떠올렸죠. 이번에는 혼자 하는 내기예요. 자, 지금부터 오늘 하루가 끝날 때까지 물에 빠진 사람 두 명에 대해 이야기하자고. 알렉이 나에게 윙크를 보내는 느낌이 들어요.

아침에 잠에서 깰 때 혹은 오후에 낮잠을 자고 일어날 때, 항상 똑같은 음악이 나와요. 송곳으로 두개골을 뚫는 듯한 소리죠. 너무 요란해요. 왜 그렇게 큰 소리로 음악을 트는 걸까요? 음악이 꺼져도 그 소리가 계속 귓가에 맴도는 느낌이에요. 하지만 아무 말도 하지 말고, 불평도 하지 말아야 해요. 불평하려면 말을 해야 하니까요. 그저 남은 날들이나 헤아릴 뿐이죠. 이제는 영원이 무엇인지도 모르겠어요. 난 추억들을 모으려고 애써요. 내 추억들은 빈약하죠. 이렇다 할 것이 없어요. 거의 아무것도 없죠. 그게 내 마음을 짓눌러요. 모든 것이 사라져버렸어요. 내 삶을 이루던 모든 친숙한 얼굴들이. 이것이 내가 꿈꾸었던 삶일까요? 나에게 소중한 사람들, 할아버지, 할머니, 산드라 누나, 알도 형은 어디에 있을까요? 내 영원한 친구 알렉은? 그리고 나의 댄스 파트너 카롤은? 누가 그들을 지워버린 걸까요? 이런 생각이 들면 공포스러워요. 요전 날 식사 시간에 나는 아빠를 무척 가까이 느꼈어요. 아빠가 그 자리에 있는 느낌이었고, 아빠의 얼굴을 본 것 같았죠. 아빠가 거기에 있었어요. 정말이에요. 아빠가 우리를 살펴보고 있었어요. 우리는 코를 킁킁거렸어요. 낯선 영역 안에 들어간 동물처럼요. 아빠는 우리가 가까이에 있다는 걸 알아챘어요. 나는 낮은 담장 위에 아빠의 그림자가 있는 것을 느꼈고요. 아빠는 출입구의 갈대 울타리 뒤에서 두 손으로 울타리를 잡고 있었어요. 우리가 숨쉬는 소리를 더 잘 듣기 위해 울타리에 뺨을 대고요. 아빠의 유령이 내는 소리가 들렸어요. 그 유령은 울고 있었어요. 신음하고 있었어요. 왜 나는 사랑하는 아빠의 마음을 아프게 하는 걸까요? 아빠의 목소리가 저녁의 공기 중을 떠다녔어요. 아빠의 탄식 소리가요. 지나? 브루노? 내 아이들아, 너희들 어디 있니? 누가 너희를 숨겨놓았니? 너희는 이 침대들 중 어느 것의 포로인 거니? 울지 마요, 사랑하는 아빠! 자동차가 출발하더니 어두운 골목길 모퉁이로 멀어져갔어요. 잠시 후, 크리스티앙이 나를 현실로, 그들의 현실로 불러냈지요. 그렇게 된 거예요. 돌아와요, 아빠. 와서 나를 찾아요. 아빠의 꼬마 브루노를 구해줘요!

구내식당에서 누나와 잠깐 마주쳤어요. 누나에게 내 계획을 이야기했죠. 누나는 내 이야기를 귀담아듣지 않았어요. 누나는 그곳에서 행복해했죠. 사실 나는 누나가 어떻게 지내는지 자세히 알지 못해요. 어쩌면 그렇게 행복한 건 아닐지도 몰라요. 눈속임을 하는지도 모르죠. 누나 뒤에는 남자아이들이 한 무리 있었어요. 그리고 여자아이들도요. 누나가 웃으면 그 힘이 엄청나잖아요. 미소를 지을 때 누나는 환히 빛나요. 미소를 짓는 것만으로도 사람들을 끌어당겨요. 잠깐이긴 했지만, 누나 옆에 있으니 누가 나에게 거울을 내밀어준 느낌이었어요. 그 거울 속을 들여다보니 칙칙하기 짝이 없는 아이가 보였어요. 누나의 친구들이 놀라며 말했죠. "얘가 네 동생이야?" 잠깐 동안 그랬어요. 그런 다음 그 형과 누나들은 나를 잊었죠. 나는 존재하지 않는 아이였어요. 거추장스러운 애물단지였어요. 여름 감옥 한복판에 자리한 침묵의 섬이었어요. 나를 제외한 다른 아이들은 웃고, 재미있어하고, 좋아해요. 살아 숨쉬어요. 아이들답게.

내가 다시 절망에 빠져들 준비를 하는 동안, 지나 누나가 나에게 말했어요. 우린 근처에서 아빠를 봤잖아.

크리스티앙이 아이들이 준비한 우편물을 거둬갔어요. 손에 엽서들이 들려 있었죠. 글씨가 적힌 그림 한 장도요. 사랑의 흔적들이에요. 그것들은 세상을 가로질러 각자의 부모님 집에 도착하겠죠. 그들은 그것을 받고 자랑스러워할 거예요. 하지만 아이를 버린 것에 대해 양심의 가책을 느끼기는 할까요?

나는 크리스티앙에게 건넬 엽서가 없었어요. 사랑의 흔적이 넘치고 잘 지내고 있다는 걸 보여주는 서툰 그림도 없었고요. 나는 화장실에 틀어박혀 엄마 아빠의 결혼사진을 꺼냈어요. 사진 속에서 엄마는 가장 예쁜 모습이에요.

마리오 삼촌의 결혼식이 생각났어요. 그때 아빠는 자랑스러운 표정으로 엄마가 미스 베르네레뱅이었다고 우리에게 말해주었죠. 아빠는 술을 좀 마신 상태였어요. 난 아빠가 술 마신 모습을 보는 걸 좋아하지 않지만, 그래도 기분이 좋았어요. 마지막 날 나를 오랫동안 안아주었을 때 엄마는 그렇게 예쁜 모습이 아니었지만, 그런 건 중요하지 않았어요. 그때 엄마는 아팠잖아요.

크리스티앙은 나를 무척 좋아하는 것 같아요. 물론 다른 아이들에게는 그걸 드러내지 않죠. 그건 말이 안 되는 일이고, 그래서도 안 돼요. 크리스티앙이 나를 보호해주려 하는 걸 나는 잘 알아요. 나는 어떠냐고요? 그 답례로 내가 크리스티앙에게 무얼 해주냐고요? 모든 것을 전적으로 거부하죠. 나는 반쯤 벌을 받는 중이고, 해수욕도 하지 않았어요. 지금도 하지 않고 있죠. 내가 캠프 활동에 참여하지 않은 것은 한 번만이 아니에요. 친구도 전혀 사귀지 않았고요. 부서질 듯 연약한 꼬마 뤽과 친해질 수도 있었을 거예요. 하지만 뤽은 미친 거나 다름없는 윌리 패거리에 끼어 복종하는 걸 더 좋아했어요. 뤽은 그 아이들의 놀림감이죠. 그것이 그애가 다른 아이들과 관계 맺는 유일한 방법이에요. 뤽도 침대에 쉬를 해요.

가끔 크리스티앙은 나 때문에 깜짝 놀라요. 크리스티앙은 나를 관찰하죠. 내 슬픔이 그의 마음속에도 자리를 잡았나봐요. 이 땅에서 내가 해를 끼친 사람의 수가 하나 더 많아졌네요. 그런데 이건 시작일 뿐이에요.

오늘 저녁 나는 음악회에 가지 않기로 했어요. 그 음악회는 여름 캠프 전체를 통틀어 가장 중요한 행사죠. 하지만 난 무슨 핑계를 대서라도 가지 않을 거예요! 큰 형과 누나들, 중간 나이대 아이들, 작은 아이들 할 것 없이 모두 아니 코르디 Annie Cordy(1928~), 벨기에의 가수 겸 영화배우 라는 여자의 독창회에 갈 거예요. 이 특별한 기회를 놓치려는 아이는 아무도 없죠. 모두들 버스에 올라타, 여름 캠프에서 배운 노래들을 목청껏 부를 거예요. 구내식당 입구에 붙여놓은 포스터에, 초록색 모자를 쓴 그 금발 머리 여자가 보였어요. 땋은 머리타래 두 개가 커다랗고 우스꽝스러운 귀처럼 머리 위에 솟아 있었죠. 크리스티앙은 내가 음악회에 가지 않는 것을 크게 싫은 기색 없이 받아들였어요. 나에게 질려버린 것 같았죠. 나는 오늘 밤 그들의 시간을 망치지 않을 거예요. 평소 나의 눈빛은 패배의 눈빛, 슬픔의 냄새를 풍기는 사람의 눈빛이니까요. 음악회에 가려고 방을 나설 때, 윌리가 옆을 지나가면서 내 머리카락을 슬쩍 잡아당기고는 이렇게 말했어요. "오줌싸개! 오줌싸개!" 난 아무 대꾸도 하지 않았죠. 버스들이 멀어져가는 소리가 들렸어요. 마침내 조그만 침대 위에 나 혼자 누워 있게 되었죠. 나는 천창을 통해 바깥의 어둠을 내다보았어요. 기분이 좋았어요. 이 감옥 안에서 고요함은 나의 친구죠. 난 준비가 되었어요, 엄마. 엄마도 올 수 있죠. 난 수많은 밤 동안 엄마를 기다렸어요. 나를 데리러 와요, 와서 나를 안아줘요. 내가 얼마나 메말랐는지 보이지 않아요? 거의 죽어버린 내 마음이 느껴지지 않아요? 엄마의 귀여운 아기를 이 독방 안에 계속 가둬둘 건가요? 사람들은 여기로 나를 만나러 오지 않을 거예요. 알렉, 카롤⋯. 그애들도 나를 버렸어요. 엄마보다 더요. 그러니 나를 데리러 와요.

그녀가 왔어요. 내 침대 바로 위에요. 나는 그녀가 들어오는 소리를 듣지 못했어요. 하지만 무섭지는 않았죠. 난 어떤 유령한테든 맞설 수 있으니까요. 그녀가 빙긋이 웃고는 말없이 나를 관찰했어요. 눈길이 위로 올라가더니, 그다음엔 내 몸을 따라 아래로 내려갔어요. 커다란 초록색 눈이었죠. 그녀는 매혹된 것 같진 않았어요. 아뇨, 오히려 조금 놀란 것 같았죠.

"너로구나, 반항아 꼬마? 내 이름은 파트리샤야. 이곳 원장님의 딸이란다. 오늘 밤 널 감독하는 책임을 맡았어. 너 때문에 아니 코르디 음악회에도 못 갔단다. 그래서 네가 참 고맙구나. 하하하."

그녀가 장난을 쳤어요. 그런 바람에 나도 슬며시 웃음이 나왔죠. 새로운 얼굴을 보니 기분이 좋았어요. 그녀가 거친 몸짓으로 나를 붙잡아 침대에서 끌어냈어요. 나는 하늘로 날아올랐죠. 그녀가 깔깔 웃었어요. 그 웃음소리가 아이들이 전부 나간 커다란 공동 침실을 가득 채웠죠. 나는 바닥으로 떨어지지 않으려고 그녀의 팔에 매달렸고, 그녀는 계속 웃으면서도 나를 잘 붙잡아 주었어요. 다행히도 나는 잠옷 차림이었어요. 내 파란 잠옷요. 다 벗고 있었을 수도 있는데. 파트리샤는 나를 놓아주지 않았어요. 이제는 두 팔 안에 나를 완전히 가둬버렸죠. 파트리샤의 숨결에 따라 내 머리가 움직였어요. 내 머리가 파트리샤의 가슴 바로 아래에 닿았어요. 파트리샤는 나이 많은 누나였어요. 아니, 어른이었어요. 긴 적갈색 머리카락이 불의 폭포처럼 구불구불 늘어져 있었죠. 얼굴은 조금 휘어진 코끝까지 조그만 주근깨

들로 덮여 있었고요. 커다랗고 진한 초록색 눈이 두 개의 불빛처럼 얼굴에 박혀 있었어요. 난 파트리샤가 예쁘다고 생각했어요. 그 아버지는… 조금 무서웠지만. 난 파트리샤가 나를 놔주지 않길 바랐어요.

"괜찮다면 이제 날 좀 놓아줄래요!"

파트리샤는 계속 웃었어요.

"네 이름이 뭐니?"

나는 웅얼웅얼 대답했어요.

"브루노요."

"브루노? 그러니까 너 벙어리는 아니구나? 하하하."

파트리샤를 잘 살펴볼수록, 그녀의 가슴의 풍만하다는 것을 알 수 있었어요. 스텔라 할머니 말고는 그렇게 큰 가슴을 본 적이 없었어요… 무척 컸어요! 그녀의 블라우스 밑에 봉긋이 솟아오른 곡선에서 눈을 뗄 수가 없었죠. 그녀가 그걸 알아차리고 빙긋이 웃었어요. 그리고 나를 끌어안은 팔에 좀더 힘을 주었어요. 살짝. 그러자 내 얼굴이 그녀의 커다란 가슴에 닿았고, 거기에 눌렸어요. 나는 말을 하지 않았어요. 움직이지도 않았어요. 그냥 눈을 감고 가만히 있었죠.

"아가야, 귀여운 아가야. 이제부턴 다 괜찮아질 거야. 약속할게, 꼬마 브루노. 오늘 밤엔 내가 네 엄마야."

그래도 나는 조금 짜증이 나서 몸을 떼어냈어요. 그녀는 내 태도에 개의치 않았어요. 모든 것이 사실이었어요. 그녀의 예쁜 얼굴이 온화함과 다정함을 발하고 있었죠. 그것은 지금 이 순간 내가 여기서 필요로 하는 것이었어요. 그녀가 블라우스 단추를 풀고 내 입을 자기 가슴에 갖다댔어요. 그리고 내 머리 아래쪽을 손으로 받쳤죠. 나는 눈을 감고 젖을 빨았어요. 엄마, 나는 젖을 빨았어요.

다음날, 아이들은 모두 음악회 이야기만 했어요. 하지만 난 그 애들이 이야기하는 음악회에 아무 관심도 없었죠. 나는 구내식당 안을 샅샅이 살펴보며 파트리샤를 찾았어요. 그러나 적갈색 머리의 내 멋진 유령은 거기에 없었어요. 전혀 보이지 않았죠. 어젯밤 일은 꿈이었을까요? 아뇨, 그건 분명 실제였어요. 괘종시계가 가리키는 시간처럼. 오늘 밤 나는 뱃속에 불이 나서 엉망이 되었어요.

마을에 가서 산책을 했어요. 두 명씩 줄을 서서요. 내 손을 잡을 아이는 아무도 없었어요─아무도 그러고 싶어하지 않았죠. 나는 줄 맨 뒤에서 혼자 따라갔어요. 그 고독이 좋았어요. 온전히 나만의 고독이었죠. 내가 그것을 스스로 선택했어요. 고독은 나를 채워줘요. 크리스티앙은 자주 그러듯이 줄에서 조금 벗어나서 걸었어요. 우리는 시장을 통과한 다음, 사람들이 많이 오가는 길을 건넜어요. 윌리가 횡단보도 한가운데에서 익살을 부렸죠. 그 녀석은 길 위에 있는 달팽이를 가지고 놀았어요. 녀석의 패거리가 옆에서 낄낄거리며 좋아했죠—정말이지 노에 같은 녀석들이에요. 자동차 한 대가 클랙슨을 울렸어요. 다른 자동차도요…. 어떤 남자가 짜증이 난 나머지 자동차에서 내려 어쩔줄 몰라하는 크리스티앙에게 욕을 했어요.

나는 뒤에서 그 모든 소란을 지켜봤어요. 몸에서 기운이 전부 빠져나가는 느낌이었죠. 알렉? 넌 지금 어디 있니? 내 생각을 조금이라도 하니? 알도 형, 미미는 어떻게 지내? 난 하루빨리 내 럭비공을 다시 만지게 되길 고대하고 있어. 며칠. 며칠만 버티면 되겠지.

모든 일이 순식간에 일어났어요. 윌리가 내 손에 자동차 사이드미러를 쥐여주며 전속력으로 지나갔죠. 다음 순간 크리스티앙이 헐레벌떡 나에게 뛰어왔어요. 크리스티앙은 몹시 화가 나서 눈이 뒤집힌 채 마구 고함을 질러댔죠. 내가 아는 크리스티앙이 아닌 것 같았어요. 그가 내 손에서 사이드미러를 낚아채고는, 나에게 힘껏 따귀를 갈겼어요. 무척 강력한 따귀였죠. 엄청난 소리가 났어요. 이제 그는 고함을 지르는 것이 아니었어요. 개처럼 짖어댔어요. 쉬지 않고 계속 짖어댔죠.

"이 머저리 꼬마야, 네가 무슨 짓을 해도 된다고 생각하니? 이제 진저리나는 행동은 제발 좀 그만둬, 응?"

뺨에 감각이 느껴지지 않았어요. 얼굴은 충격으로 마치 불타는 것 같았고요. 나는 동상처럼 뻣뻣이 굳은 채 그 자리에 서 있었어요. 세상이 멈춰버렸어요. 내 눈은 크리스티앙의 눈 속에 박혀 있고, 두 팔은 몸을 따라 축 늘어져 있었죠. 두 팔이 너무나 무겁게 느껴졌어요. 귓가에는 내 입에서 차마 나오지 못하는 말들이 들리는 듯했고요.

'그래, 때려! 때려, 더 세게!'

윌리는 도망쳐 어딘가에 숨어 있었어요. 아마 망가진 자동차 뒤에 숨었을 거예요.

"그애가 아니에요. 선생님! 그애가 그런 게 아니에요!"

아이들의 목소리가 높아졌어요. 하지만 내 목소리는 여전히 내 마음속 깊은 곳에 머물러 있었죠. 크리스티앙이 어리둥절한 표정으로 사이드미러를 응시했어요. 그의 손에 들린 사이드미러는 마치 죽은 아기 같았죠. 그가 눈을 들어 나를 바라보았다가, 눈을 내리깔았다가, 다시 나를 바라보았어요. 완전히 얼이 빠진 눈빛이었죠. 나는 그 길 잃은 눈빛을 온 힘을 다해 받아냈어요. 그 눈빛을 피하지 않았어요. 내 심장박동이 느껴지지 않았어요. 관자놀이에서 맥박이 뛰는 것만 선명하게 느껴졌을 뿐이죠. 왼쪽 귀에도 감각이 전혀 없었고요.

"그애가 아니에요, 크리스티앙 선생님! 그애가 아니에요!"

이제는 그 말이 큰 소리로 마구 으르렁댔어요. 크리스티앙이 바닥으로 눈길을 떨어뜨렸어요. 그의 두 눈이 아스팔트 위를 배회했어요. 벽에서 떼어낸 걸작을 찬미라도 하는 것처럼. 크리스티앙은 모든 걸 잃었어요. 영원히. 그가 무릎을 꿇더니, 나를 끌어당겨 자기 몸에 찰싹 붙였어요.

"미안하다. 미안해."

나는 그 포옹에 반응하지 않았어요. 내 팔은 그의 두 눈처럼 생기 없이, 무기력하게, 갈 곳을 잃은 채 바닥에 못 박혀 있었죠. 그는 울면서 나를 포옹했어요. 재빨리 여러 번 입을 맞췄어요. 내 손에, 뺨에 여러 번 입 맞췄어요. 감동적이에요, 당신은 감동적이에요, 크리스티앙 선생님. 당신이 안됐지만, 난 계속 패자들 편에 있을 거예요. 나는 가장 굴욕적인 일을 찾아냈어요. 그의 머리 위에 한 손을 얹었죠. 우리는 예정보다 빨리 캠프 건물로 돌아갔어요. 서둘러, 한마디 말도 없이. 우리는 정신 나간 무리처럼 앞으로 나아갔어요. 크리스티앙은 줄 맨 끝에 있어요. 보이지 않는 뭔가가 그를 제지해요. 그는 어쩔 줄을 몰라하며 아무렇게나 걷고 있어요. 나중에 원장 선생님이 공동 침실로 윌리를 데리러 왔어요. 원장 선생님은 칸막이 뒤에서 크리스티앙과 낮은 소리로 이야기를 나눴어요. 그런 다음 죄인 윌리를 데리고 우리의 감옥을 떠났어요. 윌리는 거만했던 태도는 온데간데없이 사라진 채 고개를 숙이고 벌벌 떨었죠. 그래도 윌리를 아프게 하지 마요! 나는 늘 패자들 편에 있을 거니까요.

캠프에는 두 패거리가 있어요. 다른 아이들 그리고 나요.

　그 부당한 사건 이후, 크리스티앙은 내 발밑에 있게 되었어요. 부끄러운 일이지만, 그는 어떻게 해야 용서받을 수 있는지 알지 못했죠. 그는 여러 방면에서 나를 보호해주었어요. 때로는 감동적이었지만, 우스꽝스러울 때가 많았죠. 나는 해변에서 다른 아이들이 간식을 먹으러 몰려가기도 전에 초코바를 두 개나 받는 최고의 영광을 누렸어요. 그래서 다른 아이들에게 질시의 대상이 되었죠. 그 사건이 있기 전에 아이들은 나를 무시했는데, 이제는 완전히 다른 공간에 있는 사람으로 취급받았어요. 다른 아이들은 전부 한공간에 있었고, 또다른 공간에서는 일명 '벙어리' '피보호자' '치사한 귀염둥이'이자 고약한 페스트 환자인 나 혼자 지냈어요. 하지만 그 아이들로부터 소외되는 것이 나에게는 문제가 되지 않았어요.

나는 크리스티앙이 측은한 마음을 갖게 하려고 울기 시작했어요…. 하지만 소용없었죠. 크리스티앙은 나를 위해 아무것도 해줄 수가 없었어요. 울수록 내 눈빛은 애처로워졌어요. 나는 캠프 건물 밖으로 나가는 일을 매번 거부했어요. 하지만 그날 저녁엔 캠프 안에서 나를 돌봐줄 사람이 없었어요. 파트리샤마저도요. 크리스티앙은 아이들이 나를 성가시게 하지 않을 거라고 장담했어요. 그러니 그냥 아이들 속에 조용히 있기만 하면 된다고요.

지난번엔 아니 코르디 음악회, 이번엔 마술 공연이었어요. 생시프리앵 해변의 슈퍼마켓 주차장에 임시 무대가 설치되었죠. 우리는 버스를 타고 해변으로 향했어요. 내 옆에는 아무도 앉지 않았죠. 누가 내 옆에 앉는 고생을 자처하겠어요? 근처의 다른 여름 캠프에서도 공연을 보러 왔어요. 관중이 많았죠. 난 마술을, 마술사들을 좋아해요. 임시 무대나 사람들로 가득찬 홀이 아니라, 텔레비전으로 보는 걸 좋아하지만요. 제라르 마작스Gérard Majax(1943~), 프랑스의 마술사가 텔레비전에 나오면, 할아버지와 함께 놓치지 않고 봐요. 그 사람의 마술에 매번 깜짝깜짝 놀라죠. 마술사들은 대체 어떻게 하는 걸까요? 트릭이 전혀 보이지 않아요.

게다가 입가에 미소까지 머금고 너무나 간단하게 해내죠. 방송이 끝나도 할아버지와 나는 포기하지 못해요. 방송에 나온 마술들을 따라 해보죠. 연습을 해서 준비가 되면, 스텔라 할머니가 우리의 관객이 되어줘요. 마술사 브루노―그리고 그의 조수 할아버지입니다. 성공하면 기쁨이 보장되죠. 할머니가 감탄하며 나를 꼭 안아줘요. "우리 귀염둥이 브루노!" 그건 세상의 그 어떤 보상보다 가치 있어요. 안 그래요? 성공하지 못하면 노여움이 기다리고 있죠. 나는 화가 나서 마술 도구들을 바닥에 내던지고, 위협적인 태도로 현관문을 쾅 닫고 나가버려요. 할아버지 할머니는 나의 그런 모습을 보며 슬퍼하죠.

아이들 수백 명이 임시 무대 앞 나무로 된 계단식 좌석에 앉아 발을 굴렀어요. 기대감에 차 초조해하면서요. 대부분의 아이들이 서로 앞자리에 앉으려고 다퉜어요. 나는 가운데 위쪽에 자리를 잡았어요. 크리스티앙이 내 옆에 앉았죠. 크리스티앙과 눈이 마주쳤을 때, 나는 그의 표정에 죄책감이 감도는 것을 보았어요. 나는 크리스티앙을 용서할 수도 있었어요. 그가 상황을 제대로 알지 못해서 일어난 일이라고, 유감스러운 오해였다고 말할 수도 있었어요. 그렇게 해서 그 사건 이후 그의 삶을 갉아먹고 있는 양심의 가책을 덜어줄 수도 있었어요.

크리스티앙은 변했어요. 심지어 다른 아이들한테도요. 그는 매일 원장 선생님에게 지적을 받았어요. 원장 선생님은 그의 단단하지 못한 성품을 나무랐지요. 그는 아이들과의 관계가 끊임 없이 악화되고 있었어요. 두 손 두 발 다 든 상태였죠. 나는 할 말이 없었어요. 입을 꼭 다물어 그를 더욱 괴롭히며 울거나 혼자 틀어박혀 있을 뿐이었죠. 나는 착한 아이가 아니에요, 엄마. 난 사람들에게 고통을 줘요. 크리스티앙은 공동 침실 칸막이 뒤에서 가끔 울어요. 그가 기진맥진해 있는 걸, 우리가 비극의 코앞에 와 있는 걸 난 알아요. 혹시라도 그가 목을 매면 내 잘못일까요?

마술사가 무대 위에 등장했어요. 관중은 무척 열광했죠. 자명종만큼이나 요란한 음악 소리가 확성기를 통해 흘러나왔고, 그 소리는 마술사가 발로 반원을 그릴 때까지 계속 이어졌어요. 마술사는 검은 정장 차림이었죠. 그 사람은 주차장 한가운데에서 스타처럼 뽐을 냈어요. 하지만 나는 그 사람이 마음에 들지 않았어요. 우아함이 전혀 없었죠. 그 사람은 제라르 마작스가 아니었어요.

그의 여자 조수는 불행해 보였어요. 닳아빠진 반짝이 옷을 입었는데, 반짝이 조각들이 몇 개 떨어져나가고 없었어요. 머리카락도 가짜였죠. 자기의 실제 머리와는 아무 상관없는, 침울해 보이는 노르스름한 가발을 쓰고 있었어요. 게다가 다리를 약간 절었죠. 겉으로는 미소를 띠고 있었지만 의기소침해 보였어요. 비극이었죠. 마술사의 조수는 그런 건가요? 그 여자는 마술사의 조수라기보다는, 숱한 흥행 부진을 겪은 실패한 마술사에게 두

들겨맞고 사는 노예 같았어요.

마술들이 이어졌어요. 정말이지 수준이 낮았죠. 별 볼 일 없었어요. 전부 제라르 마작스 덕분에 내가 진즉 알고 있는 마술들이었죠. 주변의 아이들은 경탄했어요. 바보 녀석들!

"곧 끝날 거야." 크리스티앙이 내 넓적다리에 한 손을 올리며 속삭였어요.

나는 그곳에 있었지만 마음은 그곳에 있지 않았어요. 내 넓적다리에서 그의 손을 치웠어요. 휴우, 공연이 끝났어요···. 갈 시간이 되었어요. 여자 조수가 다리를 절뚝거리며 낡은 트럭 뒤로 뭔가를 가지러 갔어요. 그리고 다시 무대로 돌아와 커다란 플러시 천뭉치를 무대 한가운데에 내려놓았죠. 털이 긴 커다란 코끼리 인형이었어요. 그 두 예술가보다 더 진짜 같은.

"친애하는 관객 여러분, 이제 마지막 마술입니다!" 마술사가 치직거리며 끓어오르는 음향 장치를 통해 외쳤어요.

음악이 그쳤어요. 마술사는 바보 같은 근엄한 목소리로 내 주위에 있는, 별 볼 일 없는 그의 마술에 매혹된 얼간이들을 향해 이야기했어요. 만약 알렉이 이곳에 있었다면 나와 똑같이 생각했을 거예요, 틀림없어요. 그 싸구려 마술사는 관객에게 도전장을 던졌어요. 밧줄 매듭 마술의 트릭을 알아맞히는 사람에게 코끼리 인형을 상품으로 주겠다는 것이었죠. 여자 조수가 가져온 플러시 천으로 된 커다란 코끼리 인형 말이에요. "오!" "아!" "저요, 저요!" 하는 소리가 관객 속에서 높아졌어요. 그 바보들은 흥분해서 이성을 잃은 상태였죠. 땀에 젖은 마술사는 자신의 노예가 내민 밧줄을 붙잡았어요. 탈색된 가짜 노란 머리의 그 여자는 몇 살일까요? 그녀의 나이는 화장 밑에 감춰져 있었어요.

"난 저 사람이 뭘 할지 알아요."

갑자기 이 말이 내 입에서 새어나왔어요. 크리스티앙은 이 말을 듣고 약간 비틀린 미소를 지었죠.

"신사 숙녀 여러분, 친애하는 관객 여러분, 친애하는 어린이 여러분, 누가 이 밧줄을 끝부분이 풀리지 않도록 묶고 이 멋진 아시아 코끼리 인형을 갖고 돌아가시겠습니까!"

한 명, 두 명, 세 명의 아이가 "저요, 저요!" 하고 소리를 지르며 무대 위로 뛰어올라갔어요.

월리는 자기 자리에 서 있었어요. 그 녀석은 거칠고 아둔한 녀석답게 양쪽 주먹으로 자기 상반신을 두들기며 비명을 질러댔죠. 그 녀석은 아이가 아니에요. 이윽고 그 녀석은 티셔츠 속에 한쪽 팔을 넣어 반대쪽 겨드랑이 밑에 손을 갖다댔어요. 그렇게 해서 방귀 소리를 흉내 냈어요. 하지만 아무도 그 모습을 보지 못했죠, 나 말고는요. 뤽만 억지웃음을 웃고 있었어요.

지원자들이 차례로 자기의 운을 시험했어요. 하지만 세 명 다 관객 앞에서 웃음거리가 되었어요. 아무도 그 마술의 트릭을 알지 못하는 걸까요? 갑자기 월리가 무대 위로 뛰어올라가더니,

코끼리 인형에게 돌진해 인형을 부둥켜안고 톱밥 위를 굴렀어
요. 여자 조수가 절박한 표정으로 관객석을 둘러보며 윌리를 말
릴 어른을 찾았죠. 원장 선생님이 나가 윌리의 귀를 잡고 무대
아래로 내려왔어요. 그 모습을 보고 아이들은 미치다시피 했어
요. 사이비 마술사는 어쩔 줄 몰라했고요. 마술사가 말했어요.

"지원자 더 없습니까?"

관객석 깊숙한 곳에 앉아 있던 크리스티앙이 팔을 들었어요.
모두들 그쪽을 돌아보았죠. 마술사가 말했어요.

"이리 나오세요, 선생. 어서 나와요!"

관객들이 모두 크리스티앙을 바라보았어요. 그 순간 크리스
티앙이 손으로 나를 가리켰죠. 활짝 웃으면서요. 나는 마음이
불편하고 크리스티앙이 원망스러웠어요. 당신은 나를 고발했
어. 그건 날 죽인 거나 마찬가지야, 크리스티앙. 당신은 또 나를
괴롭히고 있는 거야. 난 이런 위기 상황에서 당신과 마주치지
말았어야 해. 난 당신과 마주치기 싫었어. 엄마, 알렉, 와서 날
좀 구해줘요…. 그런데 빌어먹을… 사람들이 기대에 찬 표정으
로 나를 바라보았어요. 어쩔 도리가 없었죠.

내가 일어나서 무대 위로 올라가자 미친 듯한 환호성이 터져
나왔어요. 하지만 내 귀엔 아무 소리도 들리지 않았죠. 흥분으
로 일그러진 아이들의 얼굴만 보였어요. 마술사가 자신만만한
얼굴로 여자 조수에게 거만한 눈길을 던졌죠. 그리고 내가 자기

옆에 서자 지나치게 친근한 눈길로 나를 쏘아보았어요.

"그래, 네가 해보겠니, 꼬마야?" 그가 깔보는 듯한 표정으로 물었어요.

나는 1초도 망설이지 않았어요. 우선 양팔을 교차시키고, 양쪽 손에 각각 밧줄 끄트머리를 쥐었죠. 그런 다음 두 팔로 매듭을 풀었어요. 밧줄이 완벽하게 묶인 채 거꾸로 뒤집혔죠⋯. 너무나 쉬웠어요. 마작스를 통해 그 트릭을 배웠거든요. 여러 번 성공해서 할머니의 감탄을 자아냈고요.

죽음과도 같은 침묵이 내려앉았어요. 한동안 아무 소리도 나지 않았죠. 내가 한 번 더 분위기를 망쳤어요. 나는 손에 들린 밧줄을 그 형편없는 마술사에게 다시 돌려주었어요. 그가 망연자실한 얼굴로, 얼빠진 얼굴로, 완전히 바보 같은 표정으로 나를 바라보았죠. 이윽고 그의 눈에 악의가 가득 차올랐어요. 조무래기 관객들은 달리기 시합에서 권총을 쏘고 출발한 직후처럼 엄청 즐거워했어요. 관객석은 순식간에 비명의 도가니가 되었죠. 광기와 흥분이 모두를 집어삼켰어요. 사방에서 박수갈채가 터져나왔죠. 관객들은 자리에서 일어나 의자 위에 서 있었어요. 심지어 부모들까지도. 원장 선생님도 요란하게 박수를 쳤어요. 나는 커다란 플러시 천 인형의 목을 조용히 붙잡았어요. 그런 다음 그 인형의 귀를 잡아끌고 톱밥 더미를 지나 내 자리로 향했죠.

마술사가 울부짖었어요. "잠깐 기다려봐라, 애야. 잠깐 기다려봐!" 그의 긴장된 목소리가 음향 장치 속에서 부서졌어요. "꼬마야, 넌 속임수를 쓴 거야. 그래, 넌 속임수를 썼어!"

내가 어떻게 속임수를 쓰겠어요? 어디서 속임수를 쓰겠어요? 옆에서 지켜보던 여자 조수가 코끼리 인형의 다른 쪽 귀를 붙잡았어요. 우리는 코끼리 인형의 귀를 각자 자기 쪽으로 잡아당겼죠. 관객들의 환호성이 비난의 함성으로 바뀌었어요. 곳곳에서 야유와 욕설이 터져나왔죠. 마술사가 마이크를 무대 바닥에 내던지더니, 여자 조수에게 다가와 힘을 보탰어요. 여자 조수는 사료를 억지로 먹여 살찌운 거위처럼 꽥꽥거리며 코끼리 인형을 계속 잡아당겼죠.

무대 양쪽 끝에 세워놓은 나지막한 울타리에서 시끄러운 고주파음이 솟구쳐올랐어요. 그래도 난 손을 놓지 않았죠, 절대로 놓지 않았어요. 스피커에서 나오던 치직거리는 잡음이 날카로운 울부짖음으로 변했어요. 지옥에서 곧장 온 듯한 그 소리가 신호가 되었죠. 흥분한 관객들이 한몸이 된 듯 우리에게 덤벼들었어요. 아이들이 사방으로 뛰어다니고, 속수무책이 된 캠프 교관들은 어두운 밤중에 바다에서 난파당해 구명대를 던지듯 아이들의 이름을 부르며 쫓아갔죠. 여자 조수는 톱밥 더미에 넘어져 엉덩방아를 찧었어요. 주위에 먼지가 피어올랐고, 그녀의 속바지가 보였죠. 결국 그녀가 인형을 도로 가져갔어요. 그녀는 몸 여기저기가 뜯겨나간 코끼리 인형을 두 팔로 꼭 껴안았어요. 다리를 공중으로 쳐든 그녀의 모습은 정말이지 눈물겨웠죠. 나는 코끼리 인형에서 떨어져나온 한쪽 귀를 손으로 꼭 잡고 서 있었어요. 주변이 그야말로 난리통이었죠. 화가 난 원장 선생님이 비열한 마술사의 멱살을 잡았어요. 그러는 사이 크리스티앙이 내 팔을 붙잡아 한쪽으로 데려갔고요. "어서, 어서 이쪽으로 와라." 그러고는 이렇게 말했어요. "꼼짝 말고 여기 있어, 곧 돌아올 테니까!"

크리스티앙은 뒤로 돌더니 원장 선생님의 어깨를 잡아 옆으로 밀어내고는, 그동안의 회한, 마음고생, 낙담을 가득 담아 그 사기꾼의 코에 멋지게 주먹을 날려 바닥에 때려눕혔어요. 나는 기뻐서 어쩔 줄을 몰랐어요. 황홀한 순간, 최고로 행복하고 자랑스러운 순간이었죠. 그럴 수밖에 없었어요, 정말이에요, 엄마. 캠프로 돌아오는 버스 안에서 크리스티앙은 내내 웃음을 머금고 있었어요. 그때부터 나도 그를 다른 눈으로 보게 되었죠. 그에게 매료되다시피 했어요. 캠프에 도착하자, 아이들이 다들 내 어깨를 한 번씩 두들겨주었어요. 나는 코끼리 인형의 귀를 계속 들고 있었죠. 윌리가 내 키 높이로 몸을 숙이더니, 불쌍한 그 아시아 코끼리의 코를 아무 말 없이 나에게 건네줬어요. 코 끄트머리에 하얀 솜이 아직도 매달려 있었죠.

이후 며칠 동안, 몇몇 아이들이 나에게 접근하려고 다시 시도했어요. 하지만 내 마음은 변함없이 닫혀 있었죠. 뭐 하러 친구를 만들겠어요? 난 아무도 필요 없어. 너희는 내 친구도, 적도 아니야. 너희는 내 고통이야. 난 중요한 한 가지에 집중해야 해.

터널 끝에 보이는 빛을 향한 내 마지막 발걸음에. 그러기 위해 머릿속에 벽을 세우고 하루가 지나갈 때마다 분필로 선을 그어 날짜를 헤아리고 있지.

침대 옆 작은 서랍장 안 반팔 셔츠들 사이에 손을 넣었어요. 그런데 사진이 없었어요. 나는 서랍장 안을 뒤졌어요. 하지만 사진은 여전히 보이지 않았죠. 서랍장에서 옷들을 전부 꺼내 침대 위에 펼쳐놓았어요. 그래도 사진은 여전히 보이지 않았어요.

윌리였어요….

엄마 아빠의 결혼사진은 갈기갈기 찢긴 채 화장실 변기에 버려져 있었어요. 나는 잘게 조각난 엄마 아빠의 모습을 들여다보았어요. 얼굴 조각 하나가 미소짓고 있었죠. 눈조각, 옷조각, 그밖의 모든 조각들이 흔들리는 물 위를 떠다녔어요. 나는 그 자리에 주저앉아 변기 속에 머리를 박고 울었어요. 잠시 후, 나는 울음을 그쳤어요. 마음속에 뭔가가 생겨났거든요. 내가 알지 못하는 낯선 뭔가. 그것이 두개골 밑에서 꼭대기까지 차올랐어요. 그것이 나를 드높이고 우뚝 세웠어요. 나는 증오를, 살의를 느꼈어요. 공동체 생활이 나에게 증오를 가르친 거죠. 그것을 깨닫고 공포를 느꼈어요. 내가 사람을 죽일 수도 있었어요. 나는 훌쩍거리며 그 더러운 물속에 손을 담그고 엄마 아빠의 사진 조각들을 끄집어냈어요. 맨 밑바닥에 아직 사진 조각 하나가 붙어 있었어요. 결혼 명부에 서명하는 아빠의 팔이 찍힌 조각이었죠. 오줌물 속에 손을 넣었을 때, 난 엄마 생각만 했어요.

"이제 그만 자거라!" 크리스티앙이 칸막이 뒤에서 나에게 말했어요.

다른 아이들은 잠을 잘 준비가 되어 있었거든요. 나는 침대 위에 조용히 앉아 있었고요. 윌리는 공동 침실 건너편 끝에 잠들어 있었죠. 이불로 몸을 감싼 채 꼼짝 않고 있었어요. 그 비열한 녀석은 방금 또 원장 선생님 방에 갔다 온 참이었어요. 그 녀석은 아무리 혼나도 충분치 않을 거예요. 오늘 밤 이 공동 침실에서 베개 싸움을 하며 놀고 싶어하는 아이는 아무도 없어요. 공기가 답답해서 숨이 막혀요. 나는 찢긴 사진 조각들을 들여다보았어요.

"소등!"

크리스티앙이 전기 스위치를 껐어요. 그 순간 나는 침대 밖으로 튀어나가 전속력으로 방을 가로질렀어요. 내 주위엔 더이상 아무것도 존재하지 않았죠.

나는 윌리의 침대로 올라가 녀석의 머리카락을 움켜쥐었어요. 녀석은 혼비백산했지만 미처 대응할 시간이 없었죠. 크리스티앙도 마찬가지였어요. 나는 그 비열한 녀석의 머리를 붙잡고 침대 밖으로 끌어냈어요. 녀석이 죽을 듯이 비명을 질러댔어요. 놓아둔 뒤 잊고 있던 덫에 걸린 한 마리 늑대 같았죠. 나는 녀석을 바닥에 질질 끌고 화장실 쪽으로 가서는, 발길질을 해 화장실 문을 열었어요. 그 괴물 같은 녀석의 입이 타일 바닥에, 이어서 변기 가장자리에 부딪혔죠. 녀석이 발버둥 쳤지만 소용없었어요. 두 다리로 공중을 마구 휘저었지만 내게서 벗어나지 못했죠. 내 손가락들이 독수리의 발톱처럼 녀석의 머리에 박혀 있었어요. 나도, 녀석도 울부짖었어요. 크리스티앙도 와서 울부짖었죠. 크리스티앙은 되는대로 내 다리와 허리를 붙잡으려 했어요. 하지만 너무 늦었어요. 나는 이미 그 괴물의 머리를 변기 깊숙이 담가버린 상태였어요. 녀석의 입을 벌린 채 오줌물 속에. 나는 녀석을 죽여버릴 작정이었어요. 널 절대로 놔주지 않을 거야, 정말이야. 널 물에 빠뜨려 죽여버릴 거야. 크리스티앙이 내 팔을 잡아챘어요. 그는 쉬지 않고 울부짖었죠. 나도 쉬지 않고 울부짖었어요.

오줌물에 윌리의 피가 섞였어요. 크리스티앙이 내 머리칼을 움켜쥐었고, 우리는 뒤로 나뒹굴었죠. 그는 내 다리를 자기의 두 다리로 꽁꽁 묶어 바닥에 내리눌러 나를 꼼짝 못하게 했어요. 다음 순간 누가 불을 켰어요. 원장 선생님이 화장실 앞에 서 있었죠. 캠프 아이들과 파트리샤도요. 파트리샤는 크게 벌어진 입을 두 손으로 가리고 있었어요. 초록색 눈이 휘둥그랬고, 주근깨가 박힌 예쁜 얼굴이 겁에 질려 있었죠. 머리칼은 마치 불꽃같았어요. 젖가슴도요.

윌리는 변기에 몸 절반이 처박혔지만, 죽지 않고 살아 있었어요. 윌리는 죽지 않았어요. 죽은 몸이 아니었어요.

그날 밤 나는 큰 아이들의 침실에서 자게 됐어요. 그날 밤이 캠프에서의 내 마지막 밤이었죠. 사람들이 누나의 침대 발치에 나를 위해 작은 매트리스를 놓아주었어요. 지나 누나가 위로의 말 몇 마디를 나에게 중얼거렸어요. 누나는 내 손을 꼭 잡고 놓지 않았죠. 나는 울지 않았어요. 멈추지 않는 떨림에 사로잡혀 있었을 뿐이죠. 방금 전 사람들은 나를 진정시키려고 차가운 물줄기가 흘러나오는 샤워기 밑에 나를 밀어넣었어요. 그런 다음 내 몸을 수건으로 감쌌어요. 크리스티앙이 한동안 나를 데리고 있었죠. 나는 죽어버린 조그만 새 같았어요. 난 말을 하지 않았어요. 상대가 누구든 말을 하지 않을 작정이었죠. 내일 아빠가 우리를 데리러 올 거예요. 어쨌든 거의 끝난 셈이에요. 지나 누나는 슬퍼했죠. 나 때문에, 영원히 이별해야 하는 여름 캠프 친구들 때문에. 모든 것이 남동생인 내 탓이었어요. 나는 골칫덩어리일까요, 엄마? 나는 가는 곳마다 못된 짓을 해요. 언제나요.

놀랍게도 나는 슬프지 않았어요. 내가 아는 모든 얼굴들이 나에게는 마치 영화의 장면들처럼 보였어요. 그 얼굴들이 줄지어 차례로 지나갔죠. 알렉, 카롤, 할아버지, 할머니, 산드라 누나, 알도 형. 한 사람씩. 모두. 그들이 나에게 상냥하게 미소지었어요. 모두들 나를 향해 팔을 벌렸고, 나를 삶으로 소생시켜주었죠. 삶은 아주 가까이에 있었어요. 삶이 다시 나를 찾아왔어요….

죄수로서의 그 마지막 밤에 나는 거의 행복하기까지 했어요. 완전히 행복했어요. 나는 세상에서 가장 행복한 죄수였어요. 큰 아이들의 방이었지만 내 행복을 큰 소리로 외치고 싶었죠. 지나 누나는 잠들었어요. 누나의 팔이 침대 아래로 늘어져 있었죠.

누나는 여전히 내 손을 잡고 있었어요. 나는 눈을 감았어요. 엄마가 보고 싶어요. 나를 데리러 오세요. 마지막으로 파트리샤의 젖꼭지를 빨고 싶었어요.

나는 윌리를 죽이지 않았어요.

아빠가 원장 선생님과 의논을 했어요. 우리는 자동차 안에서 의논이 끝나길 기다렸죠. 여행 가방들은 트렁크 안에 있었어요. 아버지는 내 행동에 대해 거듭 사과했어요. 요전 날 카즈 선생님에게 했던 것처럼. 카즈 선생님은 이제 내 담임 선생님이 아니에요. 새 학기가 시작되어 2학년으로 올라가면 가르시아 선생님이 내 담임을 맡을 거예요. 엄격하기로 소문난 선생님이죠. 바보 같은 행동을 하면 무조건 쇠자로 손가락을 세게 때린대요. 상급반 형들이 그 정보를 우리에게 알려줬어요. 가르시아 선생님이 세게 때리면 좋겠어요.

카즈 선생님은 여러 해 동안 선생님 반을 거쳐 간 아이들에게 그랬던 것처럼, 나에게도 읽는 법을 가르쳐주었어요. 갈대 울타리 앞, 캠프 건물 입구의 간판을 마지막으로 바라보며 그 생각을 했죠. '아브리코티에'라고 주황색 페인트로 적어놓은 간판요.

작은 아이들은 낮잠을 자고 있어요. 나는 아무에게도 작별인사를 하지 않았어요. 곧 끔찍한 음악이 울려 그 아이들을 깨울 거예요. 난 절대, 절대 그 음악 소리를 다시 듣지 않을 거예요. 큰 여자아이 두 명이 우리 자동차로 와서 마지막으로 지나 누나를 껴안았어요. 지금 셋이서 울고 있어요. 남자아이 한 명이 몇 발자국 뒤에 서 있고요. 그 남자아이가 누나에게 가볍게 손 인사를 했어요. 누나는 손가락 끝으로 그 남자아이에게 입맞춤을 보냈고요. 카롤은 한 번도 나에게 그렇게 한 적이 없어요. 하기야 카롤 말고도 아무도 그런 적이 없죠. 꼬마 뤽이 뜰 안쪽 구내식당 뒤에서 도둑처럼 빠져나오는 모습이 보였어요. 뤽 바로 뒤에서 파트리샤가 블라우스 단추를 채우며 조심스럽게 걸어 나왔고요. 아빠가 조용히 자동차에 올라탔어요. 그리고 나에게 편지 한 통을 내밀었어요.

꼬마 브루노에게,

네가 힘들다는 거 안다. 네가 외로움을 느낀다는 거 안다. 엄마를 많이 그리워한다는 것도 알고. 하지만 이제는 앞을 바라봐야 해. 너의 삶은 아름다울 거야. 난 너와 이야기하고, 널 도와주고, 널 웃게 해주고 싶었단다. 하지만 내가 모든 걸 망쳐버렸지. 너도 알겠지만, 그게 날 아프게 해. 네 부모님 사진을 훔쳐간 사람은 윌리가 아니란다. 물론 윌리는 여름방학 동안 무척 말썽을 부렸지. 하지만 윌리도 무척 외롭고 슬픈 아이야. 올해 초에 엄마 아빠가 돌아가셨거든. 몸 조심하고, 할 수 있는 한 주위 사람들에게 잘해라. 너를 꼭 끌어안아줄게, 나의 꼬마 브루노.

크리스티앙

우리는 아브리코티에 여름 캠프를 뒤로 했어요. 자동차는 길을 달려갔죠. 길은 멀지만, 그 길 끝에 우리집이 있다는 걸 나는 알고 있었어요.

나는 크리스티앙의 편지를 조각조각 찢어버린 다음, 차창을 내렸어요. 덥고 달콤한 바람이 목구멍 깊숙이까지 밀려들어왔죠. 뒷좌석 차창 너머로 종잇조각들이 날아갔어요. 마침내 자유를 찾은 수천 마리의 나비처럼.

'당신들은 나에 관해 다 안다고 생각하죠. 하지만 당신들은 아무것도 몰라요.'

자동차에서 내리자, 사람들이 두 팔을 내밀고 서 있었어요. 난 그 자리에 멈춰 섰죠. 아무것도 변하지 않은 걸까요? 그곳에 서 있는 것은 예전과 똑같은 조각상들이었어요. 내가 감옥에 갇혀 있는 동안 그 조각상들은 꼼짝 않고 그 자리에 서 있던 거예요. 예전에 할아버지가 나에게 이야기해준 적이 있어요. 화산이 폭발해 놀란 사람들이 용암 속에 파묻혔다가, 수백 년이 지난 뒤 공포에 사로잡힌 자세 그대로 다시 발견되었다고. 카페 앞을 지나가다가 나는 노르스름해진 똑같은 엽서를 다시 발견했어요. 똑같은 사람들이 똑같은 탁자 앞에 앉아 있었죠. 똑같은 얼굴, 똑같은 자세였어요. 카운터 뒤에는 똑같은 골칫덩어리 주인이 있었고요.

나는 그들을 한꺼번에 끌어안고 싶었어요. 그들에게 보고 싶었다고 말하고 싶었어요. 그리고 왜 나를 지옥으로 보냈는지 묻고 싶었어요. 지나 누나가 스텔라 할머니의 품에 안겨 입을 맞췄어요. 나는 첫번째로 포옹할 사람으로 필라 할머니를 선택했죠. 그러면 아빠가 좋아할 테니까요. 알도 형은 손뼉을 치며 제자리에서 발을 바꿔가며 깡충깡충 뛰었어요. 산드라 누나는 애정 어린 눈으로 나를 바라보았고요. 산드라 누나는 엄마를 참 많이 닮았어요! 잠깐 동안 엄마와 눈이 마주친 듯한 기분이 들었어요. 내가 이렇게 행복할 권리가 있을까요? 날씨가 너무 더웠어요. 하지만 내 폐는 생기를 북돋워주는 신선한 공기로 가득 찼죠. 마침내 삶으로 돌아온 거예요. 내가 사는 에콜 로의 마을에서 나의 가족들과 함께 살게 된 거죠. 집으로 돌아온 거예요. 우린 죽지 않을 거예요. 엄마도요.

"미레유가 다쳤어."

알도 형이 나에게 미레유 소식을 알려줬어요. 그 조그만 암고양이에게 장애가 생겼대요. 세탁실 문을 밀어 열다가 미레유와 다시 만났어요. 나는 미레유 옆에 길게 드러누웠어요. 그 조그만 털뭉치는 꼼짝 않고 앉아 간간이 숨을 쉬었죠. 나는 얼굴을 가까이 가져가고, 미레유의 등을 쓰다듬고, 털에 말라붙은 우유를 들이마셨어요. 알도 형이 나에게 알려줬어요. 이제 미레유는 다리가 세 개뿐이라고. 그래서 우유를 마시려면 머리를 옆으로 기울이고 그릇 바닥에 머리를 담가야 한다고. 미레유는 자동차

186

엔진 속에서 잠이 들었대요. 그런데 그 작자가 시동을 건 거예요. 미레유는 단숨에 삼켜져 추진기에 감겨버렸죠. 하지만 그 작자는 사태를 바로 알아차리지 못했고, 여러 번 다시 시동을 걸었어요. 그러다가 보닛 밑에서 누군가 우는 소리를 들었죠! 그 작자는 아빠의 친구이자 잡다한 일을 하는 친절한 삼림 감시인 파도바니 씨예요. 아저씨는 엔진의 회전판을 거꾸로 뒤집어 미레유를 해방시켜주었죠. 몸이 찢기긴 했지만 살아 있었대요. 미레유를 급히 수의사에게 데리고 갔대요. 수의사는 미레유의 고통을 끝내주길 바라냐고 아빠에게 물었대요. 하지만 아빠는 내가 생일 선물로 받은 미레유를 죽이는 걸 원치 않았죠. 그래서 미레유의 생명을 구하기 위해 다리를 절단해야 했대요. 미레유가 다리 세 개로 서서 나를 다정하게 바라봐요. 바라보지 않는 것 같기도 해요. 미레유는 나를 다시 만나서 행복할까요? 미레유는 우는 걸까요, 웃는 걸까요? 우리 인간들은 고양이의 표정을 읽지 못해요. 하지만 난 미레유가 웃지 않는다고 확신해요.

내 럭비공을 찾고 있어요. 여름 캠프로 출발하던 날 나는 그걸 옷장 안 스웨터들 뒤에 숨겨놨어요. 그런데 럭비공이 거기에 없어요. 내가 없는 동안 알도 형이 갖고 놀다가 잃어버렸나 봐요.
나의 영토로, 나의 길로 내려갔어요. 럭비 골대가 여전히 거기에 있었죠. 나는 앞으로 달려나가, 오래된 파란 볼링핀에 슛을 날렸어요. 볼링핀은 가까스로 날아오르더니 완전히 옆으로 굴러가버렸죠. 나는 그걸 다시 주워오지 않을 거예요.

알렉은 며칠 후에 돌아온대요. 알렉이 보내준 엽서에 그렇게 적혀 있어요. 그 엽서에는 집들과 작은 교회가 있어요. 그 밑에 '쥐라, 아르부아'라고 마을 이름이 큼직하게 적혀 있고요.

알렉은 글씨를 잘 써요―하지만 별것 아닌 이유 때문에 반에서 1등은 아니에요. 엽서에서 알렉이 교회 맞은편에 보이는 집은 불타버렸다고 알려줬어요. 내가 보고 싶다고도 했어요. 알렉에게 할 이야기가 너무나 많아요.

열일곱 살에 죽다니⋯. 기 마르스낙의 장례식에는 사람들이 엄청나게 많았어요. 그 형의 집은 우리집에서 몇 발자국 떨어진 곳, 학교 뒤쪽 길 끝, 미용실 바로 옆이죠. 우리는 모두 거기에 가서 머리를 잘라요. 정확히 말하면 공개 처형대에 올라가는 것과 같죠. 머리 자르는 요금은 7프랑이에요! 선택할 수 있는 스타일은 다음과 같아요. 귀 밑까지 오는 바가지 머리, 귀 중간까지 오는 바가지 머리, 귀 위쪽까지 오는 바가지 머리. 다른 곳으로 가는 것은 불가능하죠. 거기서 나올 때 우리는 벽에 바싹 붙어 몸을 숨겨요⋯. 다음날 학교에 가야 하니까요. 아무도 거기서 머리 자른 것을 가지고 남의 관심을 끌려 하지 않죠. 모두들 공개 처형대에 올라가는 기분을 느껴요. 미용사 이름은 제라르 피퇴죠.

 갑작스러운 죽음 때문에, 슬픔이 그 이웃집을 갉아먹었어요.
불쌍한 형은 버스에 치였대요. 형의 부모님과 여동생은 평생 동
안 그 기억을 안고 살아야 할 거예요. 혹은 아빠가 엄마 때문에
그러는 것처럼 아주 천천히 죽어가든가요.

 난 장례 행렬을 살펴보려고 벽 뒤에 자리를 잡았어요. 사람들
은 여전히 슬퍼했어요. 고개를 숙이고 관 뒤에서 걸어갔죠. 오
후였어요. 마을 전체가 눈물을 흘렸죠. 관 속에 한 아이가 들어
있었어요. 나는 천천히 지나가는 장례 행렬을 끝까지 지켜보았
어요. 내가 어두운 방 안에 있는 동안 사람들이 엄마를 어떻게
했는지 알고 싶었거든요. 장의차는 천천히 나아갔어요. 죽은 형
의 아버지가 아내의 팔을 힘없이 잡고 뒤에 서서 따라갔죠. 그
옆에는 죽은 형의 여동생인 여자아이가 있었고요. 그 여자아이
는 마치 자신의 장례 행렬을 따라가는 것 같았어요. 존재감이
없고 얼굴에 생기가 꺼져가고 있었죠.
 나는 그들이 저 위 교회 뒤쪽까지 걸어가는 모습을 계속 지켜
보았어요. 집안에 있지만, 나는 곧 무슨 일이 일어날지 알고 있
죠. 신부님은 황폐해진 유가족과 눈물에 젖은 마을 사람들에게
우리 가까이에 계신 신이 죽은 아이를 당신의 왕국에 받아주실
거라고 말할 거예요. 바보 같은 이야기죠. 신부님은 대체 왜 그
래요? 어떻게 사람들의 슬픔을 이용해 그런 바보 같은 이야기를

할 수 있죠? 신부님의 강론은 한동안 계속돼요. 그런 다음 사람들이 밖으로 나가죠. 그들은 다시 잿더미가 될 거예요. 곧 길 끝에서 모든 것이 끝나겠죠. 사람들이 기 마르스낙을 영원히 땅속에 매장할 거예요.

나는 교회 뒤에 숨었어요. 오래된 차가운 돌에 뺨을 대고 있었죠. 아뇨, 저 아래까지 사람들을 따라가고 싶진 않아요. 아니에요, 저 사람들과 함께 죽은 그 형 곁에 있고 싶지 않아요. 더 슬퍼할 용기도 없어요. 기 형은 사랑을 알았을까요? 형에게 카롤 같은 여자아이가 있었을까요? 나는 눈을 감아요. 묘지 안으로 들어가는 유령들의 발소리가 들려요. 엄마가 떠났을 때와 똑같은 소리예요. 겉창을 두드리는 빗줄기처럼 끈질기게 머릿속을 맴도는 소리. 나는 오늘 밤 모든 것이 끝난 뒤 침묵에 싸인 집안에 있을 그 형의 아빠를, 엄마를, 그들의 살아남은 딸을 상상해 보려 해요. 그들 세 사람이 다시 모이겠죠. 너무나 외로울 거예요. 그들은 죽은 형의 침대 앞에 무릎을 꿇고 눈물을 흘릴까요? 그 형이 이 땅에 살면서 남긴 흔적들을 불태울까요? 나는 그들에게 말할 수 있어요. 당신들은 원하는 대로 모든 것을 불태울 수 있다고, 하지만 결코 아무것도 지워지지 않을 거라고.

장례 절차가 다 끝났어요. 사람들이 묘지를 떠나 얼빠진 표정으로 흩어지는 모습이 멀리에 보여요. 각자 자신의 삶을 향해 달아나겠죠. 슬픔이 시간을 갖고 천천히 자기들의 집 문을 두드리기를 기도하면서요. 나이든 남자 한 명이 나에게 다가왔어요. 그의 눈은 격한 감정으로 붉어져 있었죠. 내가 모르는 사람이었어요. 그가 지나치게 힘을 주어 나를 끌어안았어요. 슬픔에 피폐해진 표정으로요. 그는 눈물을 흘리고 탄식했어요. 그러더니 고개를 주억거리며 몇 마디 중얼거렸죠. "아이들아, 어리석은 짓을 하지 마. 삶에 주의를 기울여. 삶, 그것이 중요해." 그가 포옹을 풀어주었어요. 이윽고 그는 피로한 몸을 끌고 자신의 삶으로 돌아갔어요.

미레유는 결국 죽었어요. 상처가 곪고 작은 벌레들이 들끓었죠. 수의사는 미레유의 생명을 한 번 더 구하지는 못했어요. 그가 고양이를 영원히 잠재워주었어요. 우리는 미레유를 다시 집으로 데려오지 않았어요. 미레유를 위한 장례식도 하지 않았고요.

산드라 누나와 함께 주방 탁자 앞에 앉았어요. 우리는 이런 저런 이야기를 시시콜콜 나누었죠. 누나는 감자와 당근의 껍질을 벗겼어요. 나는 조그만 완두콩 꼬투리들을 깠고요. 꼬투리에서 꺼낸 콩들의 수를 세고 또 센 다음, 탁자 위의 유리잔을 겨냥해 손가락으로 굴렸어요.

"어제 알렉네 가족이 돌아왔더라. 너 알렉 만났니?"

"내일 돌아온다고 했는데….."

나는 서둘러 내 방에 가서 창문을 열고 지붕으로 뛰어내렸어요. 맞은편 알렉 집의 겉창들이 열려 있었죠. 마치 여름방학 동안 잠을 자던 거인이 깨어난 것 같았어요. 그동안 빈집에, 닫힌 겉창들에 익숙해 있었거든요. 알렉! 너 어디 있어? 알렉! 왜 날 보러 오지 않았어? 내가 보고 싶지 않은 거야? 어제 돌아왔다면서 왜 나를 보러 오지 않았어? 돌아오자마자 날 끌어안고 싶지 않았어? 이제 날 사랑하지 않는 거야?

나는 지붕 위에서 밤이 오기를 기다렸어요. 주위의 집들에 하나 둘씩 불이 켜졌어요. 알렉네 가족이 사는 커다란 집에도. 불이 켜지니 집안이 퍽이나 활기차 보였어요. 그 집은 나 없이도 분위기가 달아오르고 있었죠. 알렉은 보이지 않았어요. 알렉이 나를 무시하는 것 같아서 죽을 지경이었죠! 한편으로 생각하면 다 끝난 거예요. 나는 죽은 거나 마찬가지죠. 나는 몇 시간 동안 붉은 기와 위에 움직이지 않고 앉아 있었어요. 앉은 자세 그대로 꼼짝도 하지 않았죠. 알렉의 집을 열심히 바라본 탓인지 눈이 화끈거려요. 여름방학 전까지만 해도 그 집은 내 집이기도 했는데…. 아무도 나를 찾으러 오지 않았어요. 나는 지붕에서 학교 운동장으로 굴러 떨어질 수도 있었어요. 나는 모든 것을 잊을 권리가 있어요. 잠자리에 들 시간이에요. 알도 형이 와서 내 옆에 앉았어요.

형은 아무 말 없이 나처럼 알렉네 집을 바라보았어요, 내 슬픔을 조금이라도 덜어주고 싶은 것처럼. 형이 옆에 있으니 마음이 좀 나아졌어요. 형이 나에게 엄마 사진을 보여줬어요, 불 속에서 건져낸 사진이죠! 사진 속에서 내가 젖을 빨려는 작은 원숭이처럼 엄마의 가슴에 매달려 있었어요. 적갈색 머리의 파트리샤 생각을 하지 않기란 힘든 일이었죠. 카롤 생각도요. 만약 내일도 알렉이 나타나지 않으면 난 어떻게 해야 할까요? 알도 형이 내 어깨를 끌어안고는 얼굴도 보지 않은 채 내뱉었어요.

"네 럭비공은 미안해. 너 다른 새끼 고양이 갖고 싶니?"

아니, 난 다른 고양이는 원하지 않아.

방금 잠에서 깨어났고, 기분이 좋아요. 백 년 동안 잠을 잔 기분이에요. 따뜻한 금빛 햇살이 방 안을 가득 채우고 있어요. 나는 천장을 올려다보며 누워 있었죠. 여름방학이 시작될 때부터 이날을 기다렸어요. 나의 가장 친한 친구, 그나마 나에게 삶의 의욕을 부여해주는 그 친구가 돌아오기를 기다렸어요. 엄마가 내 곁을 떠난 뒤 엄마 자리를 대신하도록 그 아이를 골라준 거죠. 나는 그걸 마음속 깊이 알고 있어요. 그애가 처음 교실에 들어왔을 때 알았어요. 그 아이의 슬퍼 보이는 커다란 초록색 눈에서 엄마를 보았거든요. 엄마도 그걸 알죠. 그애가 처음 내 머리칼 속에 손을 넣으며 날 끌어안았을 때, 내가 끌어안은 사람은 엄마였어요. 여름방학이 되자 나는 세상 끝 감옥으로 보내

199

졌어요. 결국 풀려나긴 했지만 알렉과 재회하지 못했죠. 알렉은 다른 친구를 만난 걸까요? 쥐라에서 나보다 자기를 더 잘 끌어 안아주는 다른 친구를 만난 걸까요? 그동안 나는 소중한 모든 것으로부터 멀어져 수용소나 다름없는 곳, 흥분해 날뛰는 아이들 속에 갇혀 있었는데? 있을 수 없는 일이에요. 난 그곳에서 살아남지 못했을 수도 있어요. 내가 아직 숨을 쉬고 있는 건 기적이에요. 알렉, 난 너에게 할 말이 너무 많아. 너에게 할 이야기들 때문에 가슴이 터질 것만 같아. 그 이야기들을 하지 않으면 내 몸이 둘로 찢겨버릴 거야. 우리 셋은 그걸 알고 있어. 우리에겐 살아내야 할 한평생이 있어. 우린 죽지 않을 거야. 네가 나에게 그렇게 말했잖아, 알렉. 우린 온 힘을 쏟을 거고, 살아남을 거야. 어떻게 하면 네가 아빠를 사랑하도록 도울 수 있는지 난 잘 알아. 그건 진정한 으뜸패지, 안 그래? 나에겐 네 엄마도 필요해. 네 엄마의 도움이 없으면 난 점점 비뚤어질 거야. 무너져버릴 거야. 그러니 와줘, 알렉. 능장 부리지 마. 모든 걸 용서할게.

너 늦는구나. 마음을 좀 가라앉히느라 그런 거지? 심장이 너무 격렬하게 뛰어서 정상적인 리듬을 찾을 필요가 있는 거야. 난 이해해. 우린 미친 듯한 사랑 때문에 죽을 수도 있어. 우리 둘 다 그걸 알고 있지. 네가 여전히 온 힘을 다해 날 보호해줄 거라는 걸 난 알아. 아니면 넌 무서운 거니? 내가 무서운 거야?… 난 너무나 많은 일을 겪었고, 수많은 폭력 속을 지나왔어. 섬광 같은 침묵, 시냇물처럼 흐르는 눈물과 함께. 넌 나를 또다른 감정의 홍수에 빠뜨리고 싶지 않다고 생각하겠지. 나를 너그럽게 봐주고 싶을 거야. 네가 옳아. 한 번 더 말하지만 네가 옳아. 그러니 여유를 가져. 우린 여유가 있어, 왜냐하면 우린 절대 죽지 않을 거니까.

"흠! 너 왜 알렉을 만나지 않으려고 하는데?" 지나 누나가 내 침대 위쪽에서 환하게 미소 띤 얼굴로 한숨을 쉬더니 물었어요.

누나의 미소는 불꽃이에요. 누나의 미소는 화산이에요. 모든 걸 쓸어가버리죠. 요전 날 친구들 그리고 남자친구를 남겨두고 캠프를 떠날 때, 누나는 무척 아쉬워했어요. 다들 누나 옆에 있고 싶어하죠. 누나의 애정, 누나가 주는 희망, 누나가 전하는 기쁨, 누나가 일으키는 사랑 때문에요. 누나는 자기에게 다가오는 모든 사람의 마음을 누그러뜨리고 걱정들을 없애주죠. 아무 대가도 없이 행복을 나눠줘요. 누나는 생명 그 자체예요. 집에 돌아와 가족들을 다시 만났을 때, 누나는 곧바로 행복을, 완벽한 행복을 새로이 깨달았어요. 삶의 은밀한 고비마다 우리는 가식을 조금이나마 벗고 경이로운 순간들을 충만하게 경험하는 것 같아요. 특히 지나 누나가 그래요.

"저 집에 가보지 그러니?"

누나의 미소에 나는 자신감을 얻었어요. 누나가 몰고 온 햇빛이 내 침대 위에서 반짝였죠.

알렉의 엄마가 문을 열어주었어요.

"브루노, 우리 귀여운 브루노! 너 정말 잘생겨졌구나! 여름방학 동안 키도 많이 크고!"

아주머니가 나에게 입맞춤을 하고 부드러운 팔로 안아주었어요. 그건 사실이에요. 나는 키가 자랐어요. 뺨이 거의 아주머니의 뺨 높이에 다다를 정도로요. 아주머니에게서 바닐라 냄새가 났어요. 아주머니가 포옹을 풀었을 때도 나는 여전히 아주머니에게 매달려 있었죠. 아주머니를 좀더 껴안고 있고 싶었어요. 아주머니의 목소리는 너무나 달콤해요. 교리문답 시간에 예수님에 대해 이야기할 때조차도.

나는 아주머니의 앞치마에 얼굴을 묻었어요.

"아, 브루노! 알렉과 함께 있었던 거 아니니?"

나는 아주머니에게 여전히 매달린 채 한 걸음 뒤로 물러났어요. 마음이 몹시 불편하고, 어떻게 해야 할지 알 수가 없었어요. 완전히 발가벗은 기분이었죠. 어디든 좋으니 웅크려 숨고 싶었어요. 뺨에 눈물이 흘러내리는 것이 느껴졌어요. 하지만 난 울지 않았죠….

아주머니의 앞치마에 다시 얼굴을 묻었어요. 아주머니의 다리에 몸을 찰싹 붙이고, 아주머니의 발치에서 애원했어요. 아주머니는 아무 말도 하지 않았죠. 내 머리에 두 손을 얹고 부드러운 손가락으로 머리칼을 쓰다듬어줄 뿐이었어요. 난 그대로 죽고 싶었어요.

"내 엄마가 되어주실래요? 영원히 나를 돌봐주실래요?"

아주머니가 밤마다 내 침대 가에 찾아와 이마에 입 맞춰주면 좋겠어요. 가까이에 아주머니를 느끼며, 진정한 행복의 미소를 지으며 잠들고 싶어요. 내 엄마는 살아 있다고, 엄마는 여전히 예쁘고 내 곁에 있다고 세상 전체에 외치고 싶어요.

"애야, 떨고 있구나… 어디 아프니? 너도 알겠지만, 모든 사람들이 네 엄마가 무척 예뻤다고 이야기한단다. 내가 네 엄마를 알았다면 좋았을걸. 그랬다면 우린 친구가 되었을 거야. 난 그랬을 거라 확신한단다. 엄마는 늘 네 곁에 계셔, 영원히 그럴 거야. 천사가 되어 평생 동안 너를 보호해주실 거란다."

제발 예수님이나 그 비슷한 이야기를 나에게 하지 마세요.

나는 간신히 몸을 일으켜 아주머니의 어깨 너머를 바라보았어요. 집안은 비어 있었죠. 내가 몸을 떤 것은 알렉이 집안에 없었기 때문이에요. 내가 몸을 떤 것은 알렉이 더이상 나를 사랑하지 않기 때문이에요. 내가 몸을 떤 것은 죽을 만큼 알렉을 사랑하기 때문이에요.

알렉, 나는 황폐해졌어. 우리가 서로를 위해주던 이곳에서 널 만날 수 있을 거라 믿었는데 너는 여기에 없구나. 여기서 우리는 네 아버지가 직원들과 함께 기숙학교 운동장 끄트머리의 구내식당 근처를 왔다갔다하는 모습을 쉽게 엿볼 수 있지. 너는 정원 깊숙한 곳 나무 뒤에서 자주 주위를 살폈어. 이해해보려고 그런 거지. 엄마와 형제들은 모두 완벽한데, 오로지 사랑을 주기만 하는데, 아버지는 왜 그렇게 엄격한지 이해해보려고 말이야. 아저씨는 왜 그렇게 냉혹할까? 한번은 아저씨가 학생의 머리카락을 움켜쥐고 끌고 가 쓰레기통에 머리를 처박는 모습을 봤지. 정말 무서웠어. 우리는 네 방으로 도망가 몸을 피했어. 그때 너는 많이 울었지, 기억나? 그 학생들이 얼마나 다루기 힘든지, 얼마나 거친지 나는 잘 알아. 그 학생들은 주위에 사랑할 사람이 아무도 없어. 따를 만한 모범적인 사람도 전혀 없고. 부모들은 세상을 떠났거나 알코올 중독이지. 그리고 폭력적인 경우가 아주 많아. 그 아이들은 아름다운 경험을 하지 못했어. 애정이란 걸 받아보지 못한 존재들이야. 그러니 어떻게 앞으로의 삶이 행복할 수 있겠어? 네 아버지는 그 아이들에게 존중받아야해. 그런데 그 패자들의 정글 한가운데에서 그것은 어려운 일이지. 무척 어려운 일이야.

난 거기에 혼자 있었어. 키 큰 나무 발치에 집을 만든 개미들을 홧김에 발끝으로 짓이겼지. 개미들 중 몇 마리는 도망쳐 목숨을 구했어. 그들이 목숨을 구하도록 큰 자비라도 베푼 느낌이 들어 기분이 좋았어. 나는 난간 위로 몸을 숙이고 그날 오후를 떠올렸어. 우리가 냄비에 물을 가득 채워 정원 아래 도로를 지나가는 자동차들에게 미치광이처럼 쏟아부었던 그 오후 말이야. 자동차들이 지그재그로 비틀거리며 도망가는 모습을 보니 참 웃겼지. 그 불쌍한 사람들은 아무것도 몰랐어. 길을 조용히 달려가다가 갑자기 철퍼덕 물벼락을 맞았지! 그들은 그 물벼락이 어디서 떨어졌는지 몰라 어리둥절해했어.

알도 형도 그 장난에 함께했어. 고의로 그런 건 아니지만 네 아버지의 비싼 자동차에 물을 뿌린 사람도 알도 형이었어. 너 기억해, 알렉? 네 아버지가 네 따귀를 때렸잖아! 그땐 정말 지구가 멈춰버린 것 같았어. 알도 형과 나는 벌벌 떨었어. 네 아버지는 소리를 고래고래 지르며 우리를 너희 집에서 쫓아냈지. 정원의 새들마저 조용해졌어. 우리는 겁이 나서 얼어붙었어. 네 아버지의 화난 얼굴은 뭐라고 설명할 수 없을 정도로 무서웠거든. 나는 알도 형과 함께 전속력으로 도망쳤어. 너를 거기에, 악마의 손안에 버려두고 말이야. 난 뒤도 돌아보지 않고 우리 아빠의 서재까지 뛰어서 달아났어. 아빠는 언제나처럼 슬픈 곡조의 노래를 흥얼거리며 집을 그리고 있었지. "케 레호스 포르 마레스, 캄포스 이 몬타냐스_{Que lejos por mares, campos y montañas, 바다, 들판 그리고 산처럼 멀리 떨어진 곳에서}." 나는 아빠의 다리에 매달렸어. 아빠는 내가 왜 그러는지 알지 못했지.

알렉, 아마도 너는 피피 형과 클로딘과 놀면서 가깝게 지내겠지. 너는 그애들 아빠가 만든 비행기를 보길 꿈꿀 거야, 그렇지? 난 너를 만나야 해, 네가 필요해. 네가 곁에 없으면 난 비뚤게 살아갈 거야. 아니, 난 네가 내 곁에 없기를 바라. 왜 내가 아니고 그애들이야? 우린 그토록 오랫동안 헤어져 있었는데, 네가 다시 만나고 싶은 사람이 어떻게 피피 형과 클로딘이야? 말도 안 돼. 이봐, 알렉! 나야, 나라고. 너의 가장 친한 친구.

너는 그애들 집에 없었어. 피피 형 혼자 여름의 마지막 햇빛 아래 앉아 있었지. 피피 형은 바람 빠진 공을 창고 문에 기계적으로 던졌어. 공이 문에 맞고 다시 돌아왔지. 그러면 피피 형은 다시 공을 던졌어. 그렇게 남은 여름방학을 서글프게 재촉하고 있었어. 이틀 뒤면 개학이야.

"안녕!"
"안녕."
내 양팔이 몸을 따라 옆으로 늘어져 있었어요. 사람들이 그렇게 만들었죠. 나는 지루해하는 피피 형의 모습을 바라보았어요. 못쓰게 된 공이 화분 뒤로 굴러가더니 완전히 쪼그라들었어요. 피피 형은 공을 가지러 가지 않았어요. 가만히 오른쪽, 그리고 왼쪽을 둘러보았죠. 아무도 없었어요. 그곳엔 우리 둘뿐이었어요. 태양이 토해내는 열기가 우리의 외로움을 더해주었죠. 갑자기 피피 형이 장난꾸러기 같은 미소를 지으며 말했어요.

"너 저거 보고 싶어?"
피피 형이 공이 굴러간 화분 쪽으로 갔어요. 그러더니 손가락으로 화분을 들어올리고, 그 밑에 있는 큼직한 검은 열쇠를 끄집어냈어요. 그러고는 나를 보지도 않은 채 몇 걸음을 걸어가

창고 문의 오래된 자물쇠에 열쇠를 넣고 돌렸죠. 형은 한 번 더 오른쪽과 왼쪽을 바라본 뒤, 거대한 나무문을 당겨 열었어요. 무시무시한 끽끽거리는 소리와 함께, 문이 낡고 오래된 바퀴 위를 미끄러지며 겨우 열렸어요.

"열려라, 참깨…."

이어진 침묵은 길고 깊었어요. 피피 형이 재빨리 손짓을 했고, 나는 피피 형을 따라갔죠. 처음에 나에게 끼쳐온 것은 오래된 엔진용 기름 냄새였어요. 그다음에야 창고 깊숙한 곳에 그림자 하나가 보였죠. 그 그림자는 창고의 어둠 속에 웅크리고 숨어 누군가를 보호해주는 괴물 같았어요. 피피 형이 그 위에 덮인 보호용 덮개를 천천히 끌어내렸어요. 피피 형은 호기심이 오래 지속되도록 시간을 끌었죠. 심장이 팔딱팔딱 뛰었어요. 가슴 안쪽을 주먹으로 막 때리는 것 같았죠. 그 느낌이 참 좋았어요. 마침내 피피 형이 그 짐승의 옷을 완전히 벗겼고, 본 모습이 드러났어요. 그것은 금속으로 된 빨간색과 파란색의 커다란 새였어요. 아, 그렇게 많이 크진 않았어요. 오히려 작은 편이었죠. 내가 생각했던 비행기의 모습은 아니었어요! 비행기라기보다는, 안에 들어가 앉을 수 있는 예쁜 호두 껍데기 같았어요. 딱 한 사람을 위한…. 뒤에는 커다란 통풍장치가 있었죠―그럴듯한 프로펠러가 달린.

"날개는 아직 안 달았어."

나는 금속으로 된 그 둥근 몸체에 손을 얹고 조종실 안에 머리를 들이밀었어요. 피피 형은 자부심 가득한 표정으로 내 옆에 서 있었죠. 그날 저녁 피피 형의 얼굴에는 줄곧 미소가 감돌았어요.

"자, 올라와!"

"응, 알았어!"

나의 가장 좋은 친구가 될 사람이 피피 형이라면 어떨까요? 피피 형이 나에게 해준 일은 가장 친한 친구가 해줄 만한 선물이니까요. 영차! 나는 작은 조종석에 들어가 앉아 안전벨트를 채웠죠. 앞의 조종간을 두 손으로 만져보았어요. 그런 다음 헬멧을 쓰고 큼직한 고글을 코 위까지 내렸어요. 계기판도 확인하고 도구들을 만지작거렸어요. 늘 해오던 일인 것처럼 주저하지 않고 모든 일을 완벽하게 해냈어요. 출발. 내 목구멍 속에서 엔진 소리가 올라왔어요.

"부릉부릉! 서쪽으로!"

나야, 나. 세상에서 가장 훌륭한 비행사 브루노. 온 세상이 숨을 죽이며 나를 올려다보았어요. 아메리카가 저 앞에 있어요. 자유의 여신상 밑에 수천 명의 사람들이 빽빽이 모여 있어요. 파란색, 흰색, 빨간색으로 된 조그만 프랑스 국기를 흔들어 나의 위업에 경의를 표하네요.

"나 알렉을 봤어."

"부릉부릉! 응, 나도 봤어. 부릉부릉!"

"알렉은 연인들의 동굴에 갔어."

"부릉부릉! 응…. 나도 알아, 안다고. 거기서 알렉을 만나기로 했어."

나는 엔진을 뚝 멈췄어요. 그리고 눈을 내리깔았죠. 내가 한 거짓말이 우스꽝스러웠어요. 피피 형은 더이상 미소짓지 않았어요. 다정한 표정으로 나를 바라보기만 했죠. 내 마음속 깊은 곳을 다 읽고 있는 것 같았어요. 내가 더이상 감추지 못하는 뭔가를. 나는 슬퍼요, 엄마. 엄청난 절망이 나를 짓눌러요.

"고마워, 피피 형. 형 아빠가 만든 비행기는 정말 멋있어."

사랑하는 엄마, 난 언제나 엄마의 아기일 거예요. 언젠가 나도 엄마의 나이인 서른세 살이 되겠죠. 엄마가 삶을 멈춘 나이요. 엄마의 사랑받는 아이로 머물기 위해, 장차 나는 우리의 추억을 글로 쓸 거예요. 나는 주변 사람들과 어떻게 지내야 할까요? 나를 사랑하고 나와 함께 살 사람들요. 그 사람들이 엄마에 대한 내 추억을 함께 나누려 할까요? 어쨌건 다른 사람들에 대해서는 신경 안 써요. 난 엄마가 살지 못한 나날들을 살 거예요. 내 방에서 외줄타기 해서 알렉의 방으로 가는 건 꽤나 간단한 일이에요. 나는 어지러워요.

모든 것을 극복해야 할까요? 사실 해결책이 하나 있었어요. 엄마와 함께 죽는 거요. 엄마가 마지막 숨을 쉬었을 때 나도 그만 숨을 쉬는 거요. 서로의 손을 잡고 같은 허공 속으로 주저 없이 뛰어내리는 거요. 그런데 난 엄마의 죽음마저 그르쳐버렸어요. 아니, 사람들이 나로 하여금 엄마의 죽음을 그르치게 만들었어요. 난 엄마가 '세상을 떠난' 뒤에야 그 사실을 알았으니까요. 옥타브 작은할아버지의 입을 통해. 엄마가 결코 서른네 살이 되지 못할 거라는 사실을 이해하지 못한 채, 내가 더이상 여섯 살이 아닐 거라는 사실을 알지 못한 채.

두려움이 나를 에워싸요. 두려움은 다시 염려라는 이름의 불을 놓고, 나는 그 불 한가운데에 있어요. 엄마의 장례식 날 나던 냄새가 아직도 내 옷에, 손톱 밑에, 피부 밑에 남아 있어요. 곳곳에요. 옥타브 작은할아버지의 차고 냄새처럼.

그 독특한 냄새 말이에요.

나는 베르네에 솟아오른 산 측면을 파서 만든 가파른 돌계단을 하나씩 밟고 올라갔어요. 수백 년 전부터 연인들이 서로를 포옹하기 위해, 이 산 깊숙한 곳에 있는 암벽 아래에서 심장이 불타는 걸 느끼기 위해 이곳을 찾아온대요. 그래서 연인들의 동굴이라 불리죠. 서른한 개짜리 계단, 여덟 개짜리 계단, 열 개짜리 계단, 그리고 열세 개짜리 계단. 돌로 된 계단들이 총 네 개예요. 나는 왼발로 계단을 디디며 그럭저럭 올라가요.

알렉상드르 졸리가 저기에 있어요. 기분 좋은 산들바람에 나무들이 춤을 춰요. 부드러운 햇살은 나뭇가지들 사이 여기저기에 드러난 상처 같은 단층을 대담한 도둑처럼 꿰뚫어요. 주위 풍경이 마치 스테인드글라스 속 그림 같았어요.

나는 허공이 내려다보이는 낮은 담장 위로 올라갔어요. 거기에 서니 모든 것이 보였어요. 한가로이 흐르는 강과 우리의 작은 집이. 더 멀리에는 마을 아래쪽이 보이고, 옥타브 작은할아버지의 집도 보였죠. 저기서, 사물의 윤곽을 일그러뜨리는 주방 문의 두꺼운 유리창 너머에서 나는 내가 몰랐던 그 단어를 처음으로 들었어요. 미레유가 '세상을 떠났어.'

그래요, 엄마는 세상을 떠났어요. 영원히. 우리는 더이상 만나지 못할 거예요. 엄마는 크리스마스 날 밤이나 내 생일날 오지 못할 거예요. 이제 엄마는 우리 곁에 없을 거고, 없어요. 엄마는 더이상 세상에 존재하지 않으니까요. 엄마는 내가 삶에서 너무도 필요로 하는 사랑을 모두 앗아갔어요. 사람들이 엄마의 물건을 한 번 더 불태우면 좋겠어요. 더이상 아무것도 남지 않으면 좋겠어요. 하기야 무엇이 남겠어요? 모두 불태워버려야 해요. 엄마가 건넨 마지막 사랑의 말도. 엄마의 마지막 숨결도. 엄마의 마지막 미소도.

나는 날개를 펼쳤어요.

내가 듣는 마지막 소리는 이런 것일 거예요. 배경음, 백색소음. 낮은 강바닥에서 쉼 없이 흐르고 계곡에서 산꼭대기에 이르기까지 울려퍼지는 강물 소리.

난 허공으로 뛰어내릴 수도 있을 거예요
엄마에게 깊은 인상을 주기 위해

아래에서 엄마를 올려다보기 위해

떨어지는 내 모습을 보기 위해.

"멈춰, 브루노. 멈춰!"

뒤에서 알렉이 두 팔로 내 어깨를 부드럽게 감싸안았어요. 활기 넘치는 알렉의 심장이 등뒤에 느껴졌죠.

우리는 한동안 그러고 있었어요, 아마도 오랫동안. 이윽고 알렉이 나를 삶 쪽으로 다시 데려갔어요. 나는 몸을 돌려 낮은 담장에서 내려왔죠. 알렉이 나를 끌고 가도록 내버려두었어요. 우리는 서로에게 뿌리를 내린 채, 거의 찰싹 달라붙은 채 천천히 움직였어요. 주위가 너무나 고요했죠. 나무들은 더이상 춤추지 않았어요. 가지들이 움직임을 멈추고 조용해졌죠. 그곳엔 알렉과 나뿐이었어요. 우리는 손을 꼭 붙잡고 있었어요. 그리고 그녀가 왔어요. 그녀는 우리를 보고 있었죠. 거기, 돌로 된 작은 걸상에 앉아서요. 동굴의 모든 연인들이 하루쯤은 그곳에, 그 작은 돌걸상에 앉게 되어 있었어요. 나는 그녀에게 미소지었어요. 그녀는 마지막으로 눈을 내리깔았죠. 난 그녀의 눈을 다시는 보지 못할 거예요. 내가 무엇보다도, 내 생명보다도 더 사랑했던 여자의 눈길과 다시는 마주치지 못할 거예요. 사실 그건 기묘한 일이었죠.

나는 알렉상드르의 머리를 살짝 잡고 긴 머리카락을 내 엄지

손가락으로 쓰다듬었어요. 내 눈이 잘생긴 친구의 눈 속으로 빨려 들어갔죠—알렉의 슬픈 눈은 사랑에 잠겨 있었어요. 사랑해, 알렉. 알렉이 얼굴을 돌려 나를 바라보았어요. 알렉은 그녀를 찾았고, 그녀에게 미소지었죠.

주위에서 들리던 강물 소리가 몇 번의 클랙슨 소리로 군데군데 끊겼어요. 그 소리는 마치 방랑하는 사람들의 탄식 같았죠.

나는 알렉의 입술을 내 입술로 눌렀어요. 그러는 동안 알렉은 움직이지 않고 가만히 있었죠. 내 혀끝이 알렉의 입술을 천천히 스쳤어요.

나는 눈을 떴어요. 그녀는 사라지고 없었죠. 언제든 그녀가 거기에 있긴 했을까요?

알렉이 내 등에 팔을 두르고 나를 힘껏 끌어안았어요. 그렇게 알렉의 포옹은 내 것이 되었죠. 우리는 서로 안에서 누그러졌어요. 그 추락 바깥에는 이제 아무것도 존재하지 않았죠. 나는 치아 끝으로 알렉의 입술을 닫았고, 알렉은 내 행동을 그대로 따라 했어요. 그 무(無) 속으로 나와 합류했어요. 나는 알렉의 입술을 치아로 쪼았죠. 그것은 달콤한 과자 같았어요. 나는 음미했어요. 하지만 지나치게 빨리 피를 맛보지는 않았어요.

지금 알렉은 꼼짝 않고 울고 있어요. 알렉은 결코 내게서 도망치지 못할 거예요. 알렉의 몸이 내 늑대 굴에 사로잡혀 내 손가락들 밑에서 울부짖는 소리가 들려요. 나는 알렉의 입을 뜯어먹었어요. 종잇조각을 씹듯이. 알렉의 입은 피투성이가 되었어요. 내 입도 피투성이가 되었죠. 우리는 비틀거렸어요. 알렉이 자신의 상한 얼굴을 두 손으로 감쌌어요. 나는 비명을 지르며 도망쳤어요. 알렉이 울부짖는 소리가, 동굴 한가운데에서 부서지는 알렉의 목소리가 등뒤에서 들려왔어요. 그것은 마치 맞아 죽는 짐승의 울음소리 같았어요. 알렉의 피가 내 입속에서 불탔어요. 나는 피를 뱉고, 삼켰어요. 세상 위를 정처 없이 달렸어요.

"하느님은 어디 있어요?"

홍분한 내 주먹이 교회 정문을 마구 두드렸어요. 죽음의 문. 장례식의 문을.

"하느님은 어디 있어요?"

내 목소리는 말할 때마다 조금씩 갈라졌어요.

"하느님은 어디 있어요?"

오늘은 장례식이 없어요. 슬픔도 없고요. 슬픔은 어딘가에, 다른 곳에 둥글게 몸을 말고 잠들어 있어요.

"하느님은 어디 있어요?"

나는 그분과 이야기해야 돼요, 단둘이요. 그렇게 해서 깨달아야 해요.

마침내 어떤 남자가 문을 열어줬어요. 처음에 그는 놀란 눈으로 나를 내려다보았죠. 내 입술과 그 주변이 피투성이였으니까요. 더웠어요. 여름 더위가 엄청났죠. 열기가 나를 엄습해 눈앞에 베일이 드리웠죠. 그 베일을 찢고 앞을 볼 수가 없었어요. 남자는 내가 세례식 때 입었던 가운과 똑같은 가운 차림이었어요. 그가 입은 가운이 짙은 검은색인 것만 빼고요. 그의 목에는 나무로 된 위엄 있는 십자가가 매달려 있었어요. 머리카락은 직접 자른 듯 엉성했죠. 그는 안으로 들어오라고 내게 권하듯 뒤로 조금 물러났어요.

우리는 거기에 그냥 서 있었어요. 오후 끝 무렵의 햇빛이 스테인드글라스를 통해 새어들어왔어요. 스테인드글라스는 차가운 돌로 된 벽과 바닥에 신기한 문양을 그렸죠. 색도 매우 아름답고, 비현실적이고, 강렬한 순수함을 뿜어냈어요. 잠시 동안 내 폐는 좋은 것을 흡수했고, 내 머릿속은 엄청나게 빠른 속도로 회전했어요. 눈꺼풀이 신경질적으로 깜박이긴 했지만, 한결 긴장이 풀렸어요. 일련의 슬라이드 필름들이 미친 듯한 속도로 내 머릿속을 지나갔어요. 달콤한 그 한순간, 나는 알렉이 자기 엄마에게 나를 가장 친한 친구라고 소개했던 그날과 똑같은 숨막히는 행복을 느꼈죠.

내 발걸음 소리가 교회 안에 울려퍼졌어요.

"하느님은 어디 있어요?"

촛불들이 켜져 있고, 커다란 의자가 하나 있고, 긴 의자들이 줄지어 놓여 있는 널찍한 통로를 나아가는 동안, 내 목소리는 중앙 홀 위까지 올라갔어요. 그 모든 사람들이 눈앞에 띠올랐어요. 아주 오래전부터 여기에 와서 무릎을 꿇은, 아들이나 어머니를 잃어 가슴 아파하고 슬퍼한 모든 사람들이.

"하느님은 어디 있어요?"

검은 옷을 입은 남자는 여전히 아무 말도 하지 않았어요. 그 남자가 무섭진 않았어요. 한편으로 생각하면, 이제 나는 아무것도 무섭지 않아요. 그의 얼굴은 친절해 보였어요. 눈은 세상 전체를 위로하고 싶어하는 것 같았고요. 나는 제단 위에 올라가 우리를 위해 십자가에 못 박혀 돌아가신 커다란 예수님 상으로 다가갔어요. 우리 인간들이 더 잘 살게 하려고 그랬대요.

나는 그 이야기를 외우고 있어요. 알렉의 엄마가 교리문답 시간에 이야기해주었죠. 난 더이상 참을 수가 없어요…. 영원한 삶과 용서에 대한 그 모든 속임수들을요. 예수님의 못 박힌 발을 손가락 끝으로 만져봤어요. 그리고 엄마의 사진이 조각조각 찢겼을 때와 똑같은 기분을 느꼈죠. 엄마도 알죠, 여름 캠프에서 있었던 일요. 난 범인을 죽일 수도 있었어요. 만약 하느님이 존재한다면, 하느님을 없애는 게 더 나을 거예요. 만약 하느님이 내 주위의 작은 것들 속에 계시다면, 그렇다면 모든 걸 부숴야 해요. 하느님이 내게서 모든 걸 빼앗아갔으니까요. 안 그래요, 엄마?… 엄마?

나는 뒤를 돌아보았어요. 남자는 그 자리에 그대로 있었어요. 보기 드문 강인함에서 나온 환한 미소를 얼굴에 띤 채. 그가 나를 바라보았어요. 좀더 정확히 말하면, 내 머리 위쪽을 바라보았죠. 거기서 뭔가를 감지한 것처럼. 나는 커다란 의자 옆에 있는 금빛 촛대에서 초 하나를 아무렇게나 뽑아냈어요.

그리고 그것을 두 손으로 힘껏 눌렀어요. 부서뜨리려고요. 초에서 타오르는 불꽃은 개의치 않았어요. 촛불은 끊임없이 흘러나오는 음악에 맞춰 계속 춤을 추었죠. 내가 잘 아는 음악, 엄마의 마지막 영성체 때 나온 음악이었어요. 그때 엄마는 엄마의 네 아이와 남편이 교회 안에 모두 모여 있는 것을 보고 행복해서 미소를 지었죠. 그래요, 엄마가 보여요. 엄마의 존재는 나를 둘러싼 것들보다 훨씬 더 커요. 오, 엄마가 보여요. 난 그걸 알아요, 그걸 느껴요. 엄마의 사랑을 느껴요. 하느님에게도 엄마가 보일까요? 나는 다시 뒤를 돌아보았어요. 남자는 사라지고 없었어요.

통로 끝에서 알렉이 나를 보고 있어요. 붉은 피투성이의 입으로 미소짓고 있네요. 눈은 완전무결한 초록색이에요.

"하느님은 어디 있어?"

알렉이 단번에 감정을 폭발시켰어요. 기뻐서 어쩔 줄을 몰랐죠. 이제 알렉은 속박에서 해방된 사람처럼 행복해서 울부짖고 있어요.

"하느님은 어디 있어?"

긴 침묵이 이어졌어요. 나는 알렉에게 초를 내밀었어요. 우리 둘의 목소리가 다시 조화를 이루었어요.

"하느님은 어디 있어?"

우리의 손가락들이 뒤얽혔고, 하얀 촛농에 자국을 남겼죠.

알렉도 모든 것을 보고 있었어요.

우리가 손을 잡고 빙긋이 웃은 뒤, 마침내 알렉은 엄마를 만났죠.

오, 엄마, 나의 가장 친한 친구를 소개할게요. 엄마도 이 친구를 좋아할 거예요.

엄마 자신의 아이처럼요.

엄마는 어떤 옷을 입었어요?

누가 엄마의 마지막 옷을, 엄마의 수의를 골라줬어요?

아빠는 첫 월급으로 엄마에게 반지를 사줬죠. 그 반지가 아빠가 엄마에게 처음으로 한 선물이었어요. 엄마는 늘 그 반지를 끼고 다녔고, 나는 엄마가 그 반지를 영원히 손에 지닐 거라는 걸 알고 있었어요. 산드라 누나가 나에게 말해줬거든요.

알렉이 엄마 무덤의 대리석에 귀를 갖다대고는 눈을 감고 귀기울였어요. 엄마의 소리에 귀기울였어요.

이번에는 내가 무릎을 꿇었어요. 그 차가운 돌에 뺨을 댔어요. 우리 셋은 서로 너무도 가까이에 있었어요. 우리의 코끝이 살짝 스쳤어요. 엄마가 우리 곁에 있었고요.

　엄마 뒤쪽은 어둠이에요—텅 빈 묘지예요.

　엄마 뒤에 우리가 있어요.

　그들은 아무것도 불태우지 않았어요.

　정말로 중요한 것은 아무것도 불태우지 않았어요.

　엄마는 여기에 있어요, 나의 아름다운 엄마.

　나를 만질 때 엄마의 피부는 그 어떤 것보다 드넓어요. 우린 죽지 않을 거라고 나에게 이야기할 때 엄마의 목소리는 선의 그 자체예요. 영원히요.

감사의 말

내 손을 놓지 않은 카롤린에게 감사한다.

세르슈 미디 로 23번지의 문을 밀어 연 엘렌에게 감사한다.

나의 첫 여행을 안내해준 아리안, 그녀의 모든 지식에 감사한다.

슬프다, 아름답다, 충격적이다!

책 제목부터 호기심을 끈다. 아이들이 사랑을 할 줄 안다고? 아니, 그것도 모자라서 '오직' 아이들'만' 사랑할 줄 안다고? 무슨 이야기를 하려는 건지 짐작하기 쉽지 않았다. 요즘 '사랑'이라는 단어가 지닌 스펙트럼은 너무나도 넓으니까. 궁금증에 떠밀려 책장을 펼치자마자 슬프고 가슴 아픈 이야기가 펼쳐졌다.

주인공 남자아이 브루노의 엄마가 세상을 떠나 장례식이 열리고 있다. 그런데 브루노는 엄마의 장례식에 참석하지 못하고 집 창문 뒤에 숨어 장례 행렬을 몰래 훔쳐본다. 죽음을 대면하기엔 너무 어리다는 이유로 사람들이 집에 있으라고 했기 때문이다. 아직 여섯 살밖에 안 된 어린아이에겐 지나치게 가혹한 현실이다.

브루노의 형과 누나들은 엄마를 잃은 슬픔을 딛고 일어나 일상을 헤쳐가려 하지만, 정작 아버지가 마음을 추스르지 못하고 술에 의지한다. 큰누나 산드라가 엄마의 빈자리를 대신해 가족들을 살뜰히 돌보지만 역부족이다. 하루아침에 엄마를 잃은 브루노는 어쩔 줄을 모른다. 감수성 예민한 브루노에게 엄마를 잃은 것은 사랑을, 세상 전체를 잃은 것이나 마찬가지이기 때문이다. 브루노는 무엇보다도 사랑을 갈구하는 아이다. 오래전부터 같은 반 여자아이 카롤을 짝사랑하고 있기도 하다.

　그러던 어느 날 알렉이라는 잘생긴 남자아이가 학교에 전학을 오고, 브루노와 알렉은 곧 둘도 없는 친구 사이가 된다. 브루노는 엄마를 여의었고, 알렉은 냉정하고 폭력적인 아버지 때문에 힘들다. 둘 다 마음의 상처가 있어서인지 금세 서로 믿고 의지하는 사이가 된다.

　그러나 삶은 어린 브루노에게도 만만치가 않다. 카롤에게 사랑을 고백하지만 무시당하고, 여름방학이 되자 아버지는 브루노를 여름 캠프에 보낸다. 가족은 물론 가장 친한 친구인 알렉과도 떨어져 낯선 아이들과 함께 여름방학을 보내야 하는 것이다.

　브루노는 어른들의 부당함에 분노한다. 그래서 입을 다물어 버린다. 사랑만을 갈구하는 어린아이의 무언無言의 투쟁이다. 여름 캠프에서도 여러 가지 사건이 일어나 브루노를 괴롭게 한다. 우여곡절 끝에 다시 집으로 돌아오지만, 브루노에게는 또 다른 시련이 기다리고 있다. 브루노가 바라는 것은 오직 사랑

뿐인데….

    이 소설은 저자가 유년 시절의 경험을 바탕으로 쓴 자전적인 이야기라고 한다. 저자 칼리Cali는 프랑스의 가수이자 작사가, 작곡가다. 직접 쓴 개성 있고 시적인 노래로 자신만의 세계를 인정받았고 두터운 팬층을 보유하고 있다. 소설을 쓴 것은 이번이 처음인데, 삶의 시련을 겪는 어린 소년의 심리를 아름다운 문체로 생생하게 묘사해 2018년 메디테라네 루시용 Méditerranée Roussillon 상을 수상했다. 문장이 매우 시적이고 서정적이면서도 원초적 감수성이 느껴진다. 우리보다 먼저 이 책을 읽은 프랑스 독자들의 소감을 찾아보았는데, 그중 다음의 말이 마음에 와 닿았다. "죽음과 부재를 넘어 인생을 이야기하는 진실한 작품" "영혼과 위장을 휘저어놓는 책."

    몇몇 에피소드들이 조금 불편한 감정을 유발할 수 있는데, 그것은 우리가 '유년기'나 '어린아이들'에 대해 갖고 있는 고정관념 때문일 듯하다. 사실 '어린아이들의 삶'은 우리가 생각하는 것처럼 마냥 즐겁고, 걱정 없고, 평화롭지만은 않은 것이다. 혹은 죽음과 상실, 사랑에 대한 갈망 등 인생의 진실을 숨기지 않고 날것 그대로 표현한 저자의 글쓰기 방식 때문일 수도 있겠다.

    단순하면서도 서정 넘치는 강렬한 문장으로 상실의 고통과 사랑에 대한 갈망을 충격적으로 묘사한 슬프고도 아름다운

책이다.

2018년 겨울

최 정 수

옮긴이 **최정수**

연세대학교 불어불문학과와 동대학원을 졸업하고 전문번역가로 활동하고 있다. 파울로 코엘료의 『연금술사』, 『오 자히르』, 『마크툽』, 기 드 모파상의 『오를라』, 『기 드 모파상: 비곗덩어리 외 62편』, 프랑수아즈 사강의 『한 달 후, 일 년 후』, 『어떤 미소』, 『마음의 파수꾼』, 아니 에르노의 『단순한 열정』, 아모스 오즈의 『시골 생활 풍경』, 아멜리 노통브의 『아버지 죽이기』, 마리 다리외세크의 『가시내』, 시몬 드 보부아르의 『모스크바에서의 오해』, 에릭 엠마뉴엘 슈미트의 『브뤼셀의 두 남자』, 『찰스 다윈: 진화를 말하다』, 『르 코르뷔지에의 동방여행』, 『우리 기억 속의 색』, 『존재한다는 것의 행복−장애를 가진 나의 아들에게』, 『지하철에서 책 읽는 여자』, 『네 남자의 몽블랑』 등의 책을 우리말로 옮겼다.

오직 아이들만 사랑할 줄 안다

초판 1쇄 인쇄 2018년 12월 14일
초판 1쇄 발행 2018년 12월 14일

지은이 칼리
옮긴이 최정수

펴낸이 정중모
펴낸곳 도서출판 열림원
출판등록 1980년 5월 19일 (제406−2000−000204호)
주소 경기도 파주시 회동길 152

전화 031−955−0700   팩스 031−955−0661~2
홈페이지 www.yolimwon.com   이메일 editor@yolimwon.com
페이스북 /yolimwon   트위터 @yolimwon
인스타그램 @yolimwon

책임편집 전태영 편집 이영은   홍보 마케팅 김경훈 김선규 김계향
제작 관리 윤준수 김다웅 허유정   디자인 강희철

ISBN 979−11−88047−76−5 03860

* 저자와 출판사의 서면 허락 없이 내용의 일부를 무단 도용하거나 발췌하는 것을 금합니다.
* 이 도서의 국립중앙도서관 출판예정도서목록(CIP)은 서지정보유통지원시스템 (seoji.nl.go.kr)과 국가자료공동목록시스템(nl.go.kr/kolisnet)에서 이용하실 수 있습니다. (CIP제어번호: CIP2018036844)
* 책값은 뒤표지에 있습니다. 잘못된 책은 구입하신 곳에서 교환해드립니다.